中欧大师课堂辑录

（上册）

朱晓明　[西]佩德罗·雷诺（Pedro Nueno）　主编

中国财富出版社

图书在版编目（CIP）数据

中欧大师课堂辑录. 上册／朱晓明，（西）雷诺主编. —北京：中国财富出版社，2014.10

ISBN 978-7-5047-5371-7

Ⅰ.①中… Ⅱ.①朱… ②雷… Ⅲ.①演讲—中国—当代—选集 ②演讲—欧洲—现代—选集 Ⅳ.①I267 ②I506.5

中国版本图书馆 CIP 数据核字（2014）第 212374 号

策划编辑	刘淑娟		**责任印制**	方朋远
责任编辑	刘淑娟		**责任校对**	杨小静

出版发行	中国财富出版社（原中国物资出版社）			
社　　址	北京市丰台区南四环西路 188 号 5 区 20 楼		**邮政编码**	100070
电　　话	010-52227568（发行部）		010-52227588 转 307（总编室）	
	010-68589540（读者服务部）		010-52227588 转 305（质检部）	
网　　址	http：//www.cfpress.com.cn			
经　　销	新华书店			
印　　刷	北京京都六环印刷厂			
书　　号	ISBN 978-7-5047-5371-7/I·0168			
开　　本	710mm×1000mm 1/16		**版　　次**	2014 年 10 月第 1 版
印　　张	12.75		**印　　次**	2014 年 10 月第 1 次印刷
字　　数	137 千字		**定　　价**	48.00 元

序

2014 年，中欧国际工商学院迎来二十岁生日。

从二十年前的一个创想，到跻身亚洲顶级、全球前列，中欧人实现了中国管理教育史上的一次跨越。中欧的创立源自跨文化的碰撞与结晶，根植于创建者们对当时国内市场中萌动的管理教育需求的敏锐感知。二十年前，邓小平南巡讲话引发了中国经济的新一轮增长。2001 年，中国加入世贸组织，中国经济进一步与世界经济融合，中国企业进入了快速成长期，随之而来的管理挑战，为中国商学院带来了前所未有的机遇。回首二十载历程，更觉创建者们先知先觉、无畏开拓之可贵。

春发于仞归何处，植根沃土始得金。历历二十载求精务实，中欧国际工商学院着力铸造管理教育的中国标杆。它在国内首家获得 EQUIS 和 AACSB 双认证。在权威的《金融时报》商学院排行榜上，连续十年中欧 MBA、EMBA 课程表现俱佳，成为中国管理教育的开拓者、引领者之一。

本着"中国深度、全球广度"的追求，中欧广纳全球贤才，深耕中国企业发展之道，更与哈佛、沃顿、INSEAD、IESE 以及 IMD 等世界一流商学院并肩协作，开拓国际视野。方寸校园，浸淫了"认真、创新、追求卓越"的气质——百家争鸣，百花齐放；道论中西，溯古论今；激荡思维，抱负天下。

本书辑录了一批中国教育界、企业界大师在庆祝中欧二十周年校庆期间的学术演讲，内容涉及商学院管理、金融、创新、企业战略等领域的前沿观点。值此中欧国际工商学院建院二十周年之际，我们希望本书的付梓出版可以让更多人分享中欧平台的学术和思想盛宴。

二十载光阴，筚路蓝缕，踵事增华。2015 年始，中国政府与欧盟的新二十年（2015—2034 年）合作办学即将展开。二十年，是里程碑，更是新起点，我们将由此起程，从优秀迈向卓越。

长风破浪会有时，直挂云帆济沧海。让我们继续携手，再出发！

中欧国际工商学院中方院长　朱晓明

中欧国际工商学院欧方院长　佩德罗·雷诺

2014 年 8 月

目　录
CONTENTS

副会长，中国企业联合会、中国企业家协会副会长，中国商业联合会副会长，中国慈善联合会副会长。

郭广昌，复星集团董事长。第十二届全国政协委员，第十一届全国工商联常委、全国青联常委，上海浙江商会名誉会长。

张维为，复旦大学特聘教授、复旦大学中国发展模式研究中心主任、上海社会科学院中国学研究所所长。曾任牛津大学访问学者、日内瓦外交与国际关系学院教授、日内瓦大学亚洲研究中心高级研究员和国内多所大学的兼职教授。

马蔚华，香港永隆银行董事长，原招商银行董事、行长。第十届全国人大代表，第十一届、第十二届全国政协委员。他同时也是壹基金理事长、中国企业家俱乐部执行主席、伦敦金融城的顾问委员会委员、纽约金融咨询委员会的顾问委员会委员、北京大学教授、清华大学教授等，曾荣获 CCTV 中国年度经济人物、英国《银行家》杂志 2005 年希望之星、袁宝华企业管理金奖、亚洲最佳 CEO、亚洲银行家等诸多奖项和荣誉。

刘永好，新希望集团董事长、中国民生银行副董事长。现任第十二届全国人大代表、四川商会名誉会长、西部乳业发展协会会长等。曾任第九届、第十届全国政协常委；第十届、第十一届全国政协经济委员会副主任等。曾荣获"亚洲之星"、安永全球企业家大奖、全球新兴市场商业领袖 50 人之一等殊荣，他还是全国劳动模范、中国十大民营企业家、中国十大改革创新人物、CCTV 中国经济年度人物、CCTV 年度十大三农人物、中国改革 30 年 30 人杰出人物。

拉尔斯·皮特·汉森（Lars Peter Hansen），美国宏观经济学家，芝加哥大学经济和社会科学资深讲座教授。2013 年获得诺贝尔经济学奖。作为一位卓越的宏观经济学家，他最主要的贡献在于发现了在经济和金融研究中极为重要的广义矩方法，该方法适用于检测资产定价的合理性。

李东生，TCL 集团董事长兼 CEO，创始人，兼任中国电子视像行业协会会长、中国国际商会副会长、广东家电商会会长、全国工商联执行委员等多个职务，曾任中共十六大代表及第十届、第十一届、第十二届全国人大代表。荣获过全国劳动模范、五一劳动奖章、CCTV 中国经济年度人物、中国上市公司最佳 CEO、CCTV 中国经济年度人物十年商业领袖、2004 年全球最具影响力的 25 名商界人士等诸多荣誉。

互联网金融与信息化银行 // 163

姜建清，中国工商银行董事长，兼任上海交通大学的博士生导师、中国金融学会副会长、中国银行业协会副会长。1979 年加入中国人民银行，先后担任过上海城市合作商业银行（现上海银行）行长、中国工商银行上海市分行行长、中国工商银行行长等职务。

底线与荣耀 // 180

王石，万科企业股份有限公司董事会主席和创始人，世界自然基金会美国基金理事、世界经济论坛可持续治理全球议程理事会理事，北京大学光华管理学院以及新加坡国立大学商学院教授。

大学治理：以人为本的制度激励

张　杰

张杰，中国科学院院士，德国科学院院士，第三世界科学院院士，英国皇家工程院外籍院士，美国科学院外籍院士。现任上海交通大学校长，中欧国际工商学院董事长。中国共产党第 17 届、18 届中央委员会候补委员。

　　"大学治理"这个题目可能大家又熟悉又不太熟悉，但大学如何治理却不一定每个人都熟悉。大学治理最核心的其实是一个以人为本的制度激励，这个就是上海交通大学（以下简称交大）在过去八年多时间里探索和实践的一条特殊道路。

　　我要说的内容主要分成三个部分。第一讨论大学和社会的关系；第二在交大看来，大学治理和制度激励的关系；第三就是交大的一些探索和实践。

大学与社会的关系

人类社会有形形色色的社会组织，但是像大学这样的社会组织是非常少有、非常独特的。它可以延续千年，一直保持着辉煌而持久的社会地位。究其根本原因，大学不仅是知识的传承者和创造者，更重要的是我们人类思想精神和道德的制高点，也是我们整个社会良心、公平和正义的最后一道防线。而大学的人文精神和学术追求决定着这个国家和社会的未来。中世纪大学从意大利发端，它是单纯的文化传承者角色；16～18世纪，在英国、德国出现启蒙式大学；19、20世纪逐渐从欧洲传到了美国（见图1）。从最开始简单的文化传承，到后来与社会的相互作用越来越多，最后变成社会不可或缺的发动机。学术中心位置的迁移其实是和经济社会发展的中心紧密相关的。哪里的大学尤其研究性大学发展水平高，哪里就会变成一个经济发展中心。

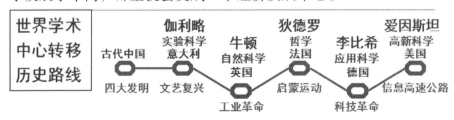

图1　世界学术中心转移历史路线

大学之所以对整个社会非常重要，在于它的本质是创新知识。要创新知识，它的核心灵魂就一定是追求真理，也只有这样它才能变成社会的中坚，变成社会的最后一道防线。但大学最根本的使命是培养人才。有句话说得好：研究型大学的本质就在于把一群极具创新思维的教师和极具创新潜质的学生聚在一起，让他们的创造力互相激发，产生使学生终身受益的创新能力和智慧。这句话表明，创新是大学里最重要的要素。老师一定要有创新思维，而最好的学生一定要有创新潜质，他们在一起要互相激励。大学说到底就是要营造一种全方位的、系统的、不断创新的氛围，最后才有可能为社会做出重大贡献。

创新有多重要？假如从大学和国家经济社会发展的关系去看美国从 1840 年到今天的发展史，你会发现，美国的发展主要分成两个阶段。第一阶段是从南北战争结束到第二次世界大战。这一阶段美国的发展不太稀奇，后来很多国家都走着同样的轨迹，也就是要素扩张的发展模式。原则上讲只要国家大、机制对、人口多，就可以有较大发展。尽管它的发展道路和欧洲差不多，但因为美国体量比欧洲大得多，所以在第二次世界大战之前美国就已经成为全世界第一大经济体。但是从第二次世界大战前后一直到现在，美国的发展轨迹就变得非常独特。这个轨迹由五个台阶式的增长造成，分别是：20 世纪五六十年代航天技术能力带来的经济社会快速发展，20 世纪六七十年代的电子科技，20 世纪七八十年代的软件，20 世纪八九十年代的互联网，以及现在正出现的新一轮技术革命，包括云计算、大数据、新的制药技术等。而特别让我们感到震惊的是这五次由技术革命带来的经济上的巨大发展都和创新有关，也都和大学有关。到目前为止，只有美国走出了这种轨迹。日本经济在过去近一百年的时间，其发展是典型的制造业驱动的曲线，达到一定程度以后忽高忽低，一直保持在某个水平。因而日本不能被称作一个创新型国家。而我们国家尽管在过去三十几年的时间里有快速的发展，但是目前为止走出的也是一条制造业驱动的社会发展曲线。

中国要实现经济转型，关键就在于我们能不能从现在这种要素驱动的发展方式变成创新驱动的发展方式。而要实现这个目标，大学当是其中最重要的承担者，要成为这个转型的引领者和源泉。

按照大学和社会的关系，大学其实应该重新定义。大学，尤其是世界一流大学，跟社会的关系应该是这样的三大体系：第一，大学应该是社会创新人才的成长体系。大学培养创新人才，不光指学生，也指老师，老师要在大学里变成创新人才，变成大师。第二，大学要成为社会科学技术的创新体系。第三，更加重要，大学应该成为社会思想和文化的创新体系。一个大学是不是世界一流大学，关键在于其创造的三大体系是否卓越。

大学治理与制度激励

了解了大学和社会的关系，就知道了大学究竟该怎么去治理。

　　大学最主要的管理方法有两大类。一大类是把大学当作企业来管，它强调的是绩效、规范、激进。中国以及世界上很多发展中国家的大学都走过这条路，甚至现在还在走这条路。走这条路的好处就是产出会快速增加。另一大类，很多西方大学是用无为而治的方式管理，强调学术自由、学术自治。这种管理办法有一个基本要素，就是大学的员工、教授要是世界顶级人才，同时大学的文化是世界一流大学的文化。因而这种管理方法在现阶段暂时还不太适合中国的大学。

　　说到底，大学治理的核心是要把大学变成能持续、全面地激励创新的有机体。我们认为，对大学最有效的治理方式就是通过制度激励，提供持续的、全面的、系统的刺激去激励每一个在大学里面的人。

　　我自己的专业是激光核聚变，所以我用激光核聚变的图（见图2）来表现制度激励和一个大学以及和一个社会的关系。大学的主体当然是人，所以制度一定是激励在人身上。要想持续、全面、系统地激励，当然要设计一个制度。在这个制度下，所有的决策、管理都要落在对人的激励上，这就是大学治理的核心。最终我们希望通过这样的激励制度，使大学能够成为社会创新的发动机。大学最重要的组成部分是三类：教师、学生、管理人员。激励这三部分人要用三个不同的视角。对教师最重要的激励是要建立尊严感，对学生最重要的激励是自豪感，而对管理人员最重要的激励是成就感。下面我就讲交大的实践，我们怎么样去激励我们教师的尊严感、学生的自豪感，以及管理人员的成就感。

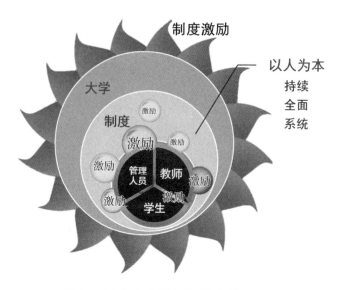

图2 以人为本的制度激励与大学的关系

上海交通大学的探索与实践

建设世界一流大学必须要有世界一流的师资。现行的师资体系和制度会给引进、改变和培养带来矛盾，必须建立一种新型的体系和制度。我们首先大规模引进世界一流师资，与此同时培养年轻老师；达到一定体量之后，就开始对现有的老师进行激励，同时进行改革；改革到一定程度，这两条不同的发展轨道需要并轨。这个顺序是：引进＋培养→改变存量→建立制度→融合。

1. 以终身教职评定制度（Tenure Track）为基础的学术荣誉体系

首先介绍一下人才成长阶梯。国家经由科技部和基金委等原有体系，大体可以分成四级台阶。最开始一个年轻人刚刚回国，需要去申请青年基金；三四年以后可能要申请面上基金；再过五到十年申请杰出青年基金；再过十年或者二十年，逐渐就可以成长为一个院士。这是国家层面定义的人才成长阶梯。2007年，我们思考怎样能够帮助我们的老师跨到这个阶梯上，而且能够比其他学校的老师稍微少付出一点努力，节省一点时间呢？于是我们推出了人才金字塔计划，即交大新的体系，包括讲席教授、特聘教授，等等。我们在每两个台阶之间加了一个台阶，变成了交大的八级台阶，相应匹配经费、住房补贴等生活和工作其他方面的措施。推出这一计划后，2007年我们为此筹集了5亿元人民币，也包括用于大规模从海外引进人才所需要支付的较高薪酬，以及较大的科研经费。钱的消耗速度比我们想象的快得多，到2009年就花得差不多了。2009年国家开始启动了千人计划、青年千人计划，当时我们已经从海外引进了五六十个顶尖大学的教授，我们马上帮助他们申请千人计划，交大进入千人计划的人数也因此迅速变成全国高校之中最多的，使得我们的资金池能持续地支持交大的发展。

设计晨星学者是为了帮助交大35岁以下的年轻老师。过去五年，我们已经支持了1035位青年学者，超出想象。其中有16个人直接从晨星学者跳升获得了杰出青年基金，成为交大甚至也是全国最年轻的一批杰出青年基金获得者。

在2007年制订人才金字塔计划时，我们设定了一个目标，即希望 2020 年交大初步晋升为世界一流大学，当时许多人认为目标太高。但在激励系统建立起来后，交大发展得非常快。我们现在相信这个原定于 2020 年的目标很有可能在 2018 年就会实现。

要想大规模引进世界一流人才，就要对薪酬体系进行设计，同时考虑现有老师，且最终要进行并轨。所以薪酬设计本着两个原则：第一是和国际接轨，第二是符合中国国情。什么叫跟国际接轨？我们引进人才薪酬有一个简单的计算公式，保证可以保持与国外同样的生活标准，但不保证跟国外的收入完全一样。我们用购买力因子来计算，最后给出的薪酬肯定是高于购买力因子但是会低于汇率的计算。但因为中国的房价已经远远脱离了这个水平，因此住房补贴另外计算。目前我们已经引进五百多位海外人才，他们都认为这是一个恰当的体系。

2010 年，海外引进人才已经有三四百人，我们意识到对现有老师的改革必须马上开始，所以启动了四位一体的综合改革。四位一体是指定位改革、分类发展改革、分类考核改革以及薪酬体系改革。这个改革不是一蹴而就的，而是连续八年的改革，从 2010 年一直到 2018 年。2012 年我们开始实行新的人事制度，找了几个试点学院开始向终身教职评定制度过渡，交大采取的办法是在一个制度设计下逐步过渡，2015 年逐步并轨，2018 年完成并轨，全校统一在终身教职评定制度体系下。

众所周知，中国很多研究单位以及大学为快速激发研究实力采取发表论文现金奖励的政策。我在 2006 年 12 月就任交大校长后，首先就取消了发表论文的现金奖励。最根本的原因，我认为学术追求和现金奖励直接挂钩，培养出的学生很可能非常功利。要想改变大学的灵魂，将其变成学术追求的话，需要改革我们的考核体系。以前交大和其他大学一样，采用年度考核体系，但这对大学长远的、宽容宽厚的学术氛围的建立不一定有利。2007 年，我们启动了国际评估，这是一个浩大的系统工程，每六到七年每一个学院要经过一次国际评估，学校亲自主导。到 2013 年为止，各个学院第一轮的国际评估已经完成，接着开启第二轮国际评估。这种对考核体系的调整对于改变学校文化起了至关重要的作用。

我们还改革了科研管理模式，以往主要是靠管，从 2007 年开始，我们提出科研的管理主要是一种激励，要看到老师在科学研究方面的追求是什么，学校一切的支持措施都要与老师的学术追求紧密挂钩。

2008 年，我们提出"两个面向"的科学研究，第一个要面向世界科技前沿，第二个要面向国家重大需求。面向世界科技前沿指的是要瞄准那些大问题，或许对于马上发表论文没有帮助，但是这才是一个大学学术追求的重要目标。2008 年，我们从美国引进了大物理学家季向东。他想在中国测量暗物质，需要找到最好的实验场所，于是我们和他一起在全国到处找，后来在四川锦屏山找到了一个 2500 米深的地洞——因为测定暗物质最根本的条件是要把宇宙射线屏蔽掉，在地下越深条件越优越。当这个实验室开建后，他说："张校长，暗物质的测量不是马上可以发表文章的，假如你支持我做了十年，什么结果也没有，你怎么交代？"我说你即使带了二十人的团队做十年，最后什么结果也没有，我觉得仍然对中国科学有巨大贡献。它的贡献就在于向全世界彰显中国也可以有一批科学家不为名不为利，就为了科学追求，能在山洞里默默无闻地奉献十年。这样的科学精神会影响我们下一代更多的年轻人投身更加尖端的基础研究。宇宙演化、物质结构、意识本质、人类健康、生命科学、信息科学，这都是交大的老师正在研究的课题。第二个"面向"指的是要面向国家的重大战略需求，比如先进制造面临转型，能源科技面临寻找新能源或者新思路的转变，海洋科技、材料科技、信息技术、转化医学、农业科技、环境科技、社会科学，等等。

在学科建设方面，2008 年我们提出，交大学科建设不能再做加法了。以往来了一个好教授就建一个新学科，所以 2008 年已经达到 69 个学科。有所为有所不为，有所为容易，有所不为难。但即便难，交大也必须这么做，从那时开始我们做减法。经过六年，学科数已经从 69 个减到了 56 个，很多大学都跑来取经。此外，学科建设做减法的路线换来的是质量大幅度提升。例如，一级学科博士点数由 22 个增加为 36 个，占在建学科的比例由 34% 提高到62%。我们要求所有在建的学科最终都要达到世界一流水平。

2. 以学生为中心

2008 年我们做过一次教育教学理念的大讨论，先后有八百个老师参与，历经八个月，最后讨论的结果是意识到我们培养人才的方法落伍了。知识更新的速度越来越快，即使把你的所有知识都传授给学生，他们也很快就会忘记。我们达成了一个共识，交大要"三位一体"地培养人才，包括知识探究、能力建设、人格养成三个方面。

在学生探究知识的过程中，要特别注重他的能力建设。我具体讲一个案例。平常我们很多人在上大学的时候都要学数学，数学建设的是什么能力呢？是逻辑思维能力。但不是数学的所有知识都是有利于建设逻辑思维能力的。我们就把这种不直接相关的内容拿到课下去，而课堂上就只保留直接和逻辑思维能力相关的内容。这样逻辑思维能力会明显得到增强。同样，物理学教的是学生的大局观，从错综复杂的事务当中找到规律。有了这样的认识，教材就可以重新编排。中国的大学往往把学生当孩子一样保护起来，而外国的大学把学生当作成年人。你可以在大学里面犯错误，而大学也是人生成长过程中最后可以犯错误的地方，为什么不让他们犯错误？因此我们提倡以学生为中心，听起来很简单，其实是教育理念的完全转变。培养学生的"三位一体"里我们讲知识探究，为什么不是知识传授？因为传授的主体是老师，而探究的主体是学生。

2008 年我们开始启动一系列试点，但因为那个时候交大的好老师还不够多，所以我们只能把最好的教学资源集中在一部分学生身上，接下来逐步扩张。我们成立了致远学院，强调学生的能力建设，包括提出问题、解决问题、知识整合、人际沟通的能力。2008 年开始，我兼任致远学院院长，在过去五年做得非常成功，教育部对全国 19 所有这种拔尖人才的创新培养计划的大学都做了评估，两次评估中致远学院都排在第一名。

从 2011 年开始，我们加大了对研究生教育改革的力度，启动了一系列措施，包括：招生指标分配制度、招考与选拔方式创新计划、导师动态选聘制度、卓越课程建设计划、博士生连贯式培养与分流制度、交叉学科人才培养计划、博士生待遇改善计划、学位留学生促进计划。

我们还有卓越人才培养计划。比如说 2011 年启动了和法国巴黎高科共建的中法卓越工程师学院建设，而法国巴黎高科有着全世界最好的工程师教育。法国总统特意来交大给这个学院进行揭牌，可以看出这是我们中法两个顶级大学倾心打造的一个新时期卓越工程师的培养计划。此外，我们也启动了卓越医师计划和卓越法学培养计划。

而在国际合作办学上，中欧国际工商学院（以下简称中欧）是我们大家共同的骄傲。早在 1994 年，中国还处在一个相对比较落后的状态，交大和欧洲发展基金会共同倾力打造，在上海市和欧盟的共同支持下成立了中欧。中欧走出了一条非常与众不同的路，同时给我们中国的发展带来了一个全新的视角。一个学院或者说一个大学，二十年时间能够走到这样一个高度，绝不容易。

2005 年，我们和美国密歇根大学成立了交大密歇根学院，现在已经变成中美两国高等教育合作的一个典范。2014 年我们即将在美国南加州大学成立一个中美文化创意学院，因为南加州大学的电影和文化创意都是世界顶尖的。我们还正在与美国一个大学共建公共卫生学院。

国际化是交大一个与生俱来的特质，为什么这么说？交大第一任教务长就是美国人，他给交大带来的是一个国际化的教材、国际化的教师，以及国际化的视野。早年外籍教员曾经占到一半以上。1936 年，65 名中国籍教授中有留学经历的多达 60 名。20 世纪 30 年代，课程设置多以美国一流大学为蓝本，全英文授课。可以说，我国高等教育的改革开放是从交大开始的，因为 1978 年中美两国还没有建交的时候，交大派出了第一个我们的高校代表团，从美国东海岸一直访问到西海岸，也就是那一次，我们意识到中国的高等教育已经远远落后了。国际化最根本的目的是给我们的学生一个多元文化的背景以及一个全球化的视野，只有这样，我们培养的学生才是一个世界人。

3. 管理人员的成就感

学校发展的愿景应该与每位老师的梦想联系在一起。文化不仅指精神层面，还包括制度层面和物质层面。形成共同愿景的过程就是学校制定规划的过程，体现了现代大学从经验管理向科学管理的过渡。为了给师生员工提供更好的生活、工作环境，营造更加宽松的学术氛围，建设充满人文关怀的大爱校园是建设世界一流大学的必需前提。一所大学独有的精神会一代代传承，并会持续激励着这所大学中所有的人。管理人员的成就感都是靠文化建立起来的。我认为文化的本质就是给我们的生活提供梦想，假如没有梦想，人就没有活力，没有朝气。同样，我们一个群体、一个大学更是这样。交大的发展愿景就是要把交大想做的事情变成每个老师的梦想。

2007年，从制定交大2020年的发展规划开始，到2008年我们开始启动学术和行政权力的平衡，再到2009年我们开始对财务管理进行综合预算，开始根据发展战略规划，制定年度发展目标，形成了闭环式的目标管理制度，促进了学校从经验式管理转变为科学管理。这些举措最终都是要建成一个大爱的校园。

作为中国这样一个快速发展的国家里的大学，我们的目标是要跳出现在所有的学科。我们先问一下自己，2020年的中国是一个什么样的中国，与2020年的中国相配的顶级的中国大学应该是一个什么样的大学？接下来再去建立一个战略路径，把现在的大学和2020年的战略目标挂起钩来。需要什么样的人，就全世界引人；需要什么样的仪器，就全世界买仪器或者自己造仪器。在规划的过程中就已经开始实施，虽然是2020年的规划，但在2009年就自动开始实施，因为它变成了大家的共识。从2007年开始，我们制定了交大发展战略规划，这个规划除了作为主规划的交大战略地图（见图3）外，还有15个专项，包括教学、科研、后勤等方方面面，和31个学院的发展规划，以及17条学术发展路线。

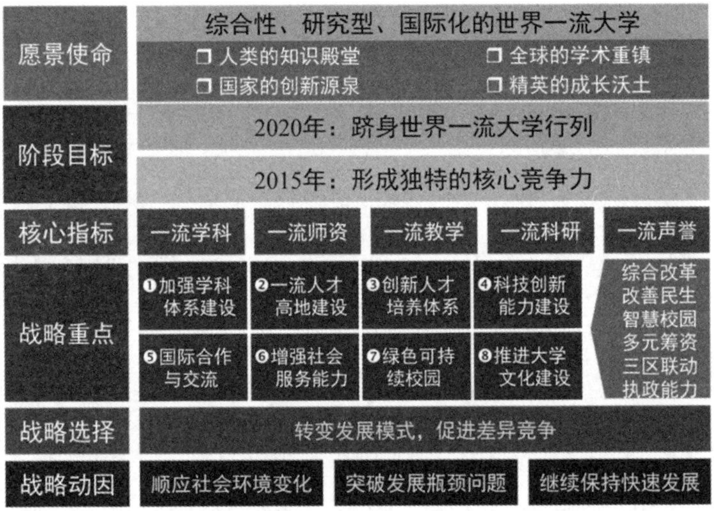

图 3　上海交通大学战略地图（2010—2020 年）

这张战略地图清晰地告诉每一个学院或者整个学校，到某一个阶段它应该达到的目标。2008 年开始重建学术委员会，根本原因是要构建学术权力和行政权力相协调的治理架构。2009 年根据发展战略规划制定年度发展目标，2007—2008 年我们做了两年规范化管理，改变以往做事情没有规章制度做支撑的情况。2009 年我们已经把规划发展目标分解到年，制定每年的发展目标，目标的完成度因此开始逐年提升。2009 年当年完成度只有 63.6%，此后基本维持在 90%。因此现在的发展速度已经比规划的速度超前一年左右。

2009 年开始实施财务管理和综合预算。在中国有一个很怪的现象，一个大学的科研经费越多，这个大学一定越穷，原因是什么？各种各样的国家纵向经费里没有人头费这一块，这样就变成做的项目越大，申请的科研经费越多，学校就需要拿更多的钱招更多的老师去做这个科研项目。所以交大从 2009 年开始启动人员经费。虽然有很多规章制度、法律法规的限制，但我们创造了很多的办法去提高人员经费。例如我们的实验室使用是要交钱的，要交水费、交电费。最开始实施的时候老师非常抵触，但是坚持了几年，学校的自有资金就多了起来，接着就开始启动四位一体改革，开始给老师涨工资，所以现在老师们都认可这个人员经费。过去四年，交大老师的收入提高了四次，平均收入提高了 60%。有一些年轻的老师涨了几倍，也有一些老师涨得不多，这和个人创新能力以及工作完成情况是紧密挂钩的。老师们看到大学变成一流大学的同时，自己也会拥有世界一流的收入，所获得的尊重也是世界一流的，这才是老师们最根本的追求。

建设"人文关怀"的大爱校园还包括持续推进校园文化设施建设，比如标志、历史纪念物、林荫大道等方面的建设；优化校园交通条件，包括交通枢纽港、校内班车路线班次调整等；为师生提供更好的校园生活条件：如建设教工食堂、学生食堂、咖啡厅等；着力建设文化体育设施场馆：建设了致远游泳馆、慢跑步道、足球场等。

大学建设是一个长期的投资，当年做的事情当年不会有效果，我已经是第八年的老校长，回过头看一下八年的成效，之前我们说一个大学必须成为社会的三大体系，现在已初步成形。

第一，财政收入。交大 2012 年的财政收入是 1996 年的 20.3

倍，这个发展速度在中国最好的七个大学里面排名第二（其他六所大学是：清华大学、北京大学、复旦大学、西安交通大学、浙江大学、南京大学）。2013 年总财政收入达到了 73.22 亿美元，仅次于清华大学。科研经费 2012 年是 2010 年的 2.5 倍，这是交大的硬实力。

第二，学科建设。2004 年我们只有 4 个学科在全球高校中排名前 1%，现在已经有 16 个，工科、理科、生命科学以及人文社科四大板块都排在全球高校中的前 1%，综合性大学的框架已经形成。

第三，师资队伍。引进和改革带来了所有质量指标的大幅度变化，包括拥有博士比例以及两院院士、千人计划、973 重大科学计划、杰出青年科学家等各个方面的人才都有了大幅度变化。2013 年我们还引进了美国科学院的何志明院士。

第四，人才培养。就录取分数线来看，现在我们已逼近清华和北大的录取分数线。同时加快人才培养国际化的步伐，本科生海外交流比例从 2006 年的 10.75% 上升至 2013 年的 32.92%，学生海外游学比例基本稳定在 30%。致远学院两届共 85 名毕业生，83 名学生继续深造。致远一期首届 29 名毕业生全部继续深造，14 名在国内，15 名在普林斯顿、耶鲁等国外一流大学。致远二期 56 名学生毕业，54 名学生继续深造，24 名在国内，30 名在斯坦福、牛津、剑桥等国外一流大学。科技创新活动是一个大学创新能力的重要标志。交大学生参加科技创新活动的比例（81.2%）现在已经跟美国最好的大学麻省理工大学的比例（85%）相差不多。

第五，科学研究。自然科学基金是一个单位创新活力的指数。自然科学基金每一个项目都很小，只有二三十万元，但是现在的自然科学基金来款有6亿多元。这意味着有上千个老师都用其创新的想法申请了自然科学基金。2013年，自然科学基金经费总额达6.5亿元，在全国范围内，项目经费总额连续三年、项目总数连续四年、青年基金项目连续五年第一。这些都是交大的未来。

973重大科学计划是表征一个单位的团队作战能力的重要指数，2013年交大达到44人次。2008—2012年以第一完成单位共获29项，年均5.8项，位列全国高校排名第二。虽然我们论文的现金奖励停止了，但是论文数量还在增长，目前是1996年的65倍，现在是排名第二，逼近第一。而且没有现金奖励后，质量好的论文的百分比大幅度提高了。2013年SCI论文数达4147篇，是1996年的65倍；2013年SSCI论文数达240篇，是2006年的12倍。

重大新成果开始不断地涌现。2012年在全世界十大重大科学突破里有一项是属于我们物理系的，2013年世界十大重大科学突破里面有一项是属于交大第六附属人民医院化药学院合作完成的。此外百米级超导带材制备技术、人工合成青蒿素、全氟离子膜等都是重大成果。

国家智库与社科基地方面也有很多进展。交大人文社会科学要做问题导向的研究，要实证化和国际化。例如，全世界有上千名学者去研究东京审判，偏偏没有我们中国人。日本一批右翼学者也在研究东京审判，唯一目的就是要证明东京审判本身是非法的，假如被证明，中国就会更加被动。交大要勇于担当，去做研究，到全世界去找史料。东京审判的审判词有五种语言，语言相互之间不一样，留下了大量的研究空间。现在东京审判研究方面我们已经变成全世界最先进的，目前正准备出一个1025卷的东京审判集。因此胡锦涛总书记评价交大这样的研究是给世界和平的贡献，交大人文社会科学走的的确是一条与众不同的道路。

总　结

上海交通大学要成为社会的三大体系，面向未来实现三大转变：发展模式上实现行政主导向学术主导的转变；管理模式上实现"校办院"向"院办校"的转变；激励方式上实现学校主导发展向师生自我实现的转变。这条路有一个主线，就是以人为本的制度激励。发展策略方面，到2020年之前，我们要适度扩大事业规模，持续提高师资质量，大幅提升学术品位，不断完善大学治理，着力加强依法治校。我们的文化是创始人提出的"求实学务实业"，此外还要有激情、有梦想。《周易》有云："天地交而万物通，上下交而其志同。"这才是"交通"两个字的原始出处，也是一个治国理念、治校理念，是交大的文化根基所在。

大学治理的本质就是通过以人为本的制度激励不断地激发师生员工的创新活力，一流大学的根本使命就是要建成卓越的创新人才成长体系、卓越的科学技术创新体系、卓越的思想文化创新体系，为社会的发展提供创新的动力。

🎤·对话·

问：大学治理上一直有两种理念，一种是教授治校，另一种是校长治校。蔡元培说校长治校、教授治学。请谈谈您的看法。

答：我觉得两种都对，关键是不同阶段。现阶段校长的重要性是不言而喻的，但当我们达到可以无为而治的阶段时，学校最根本的还是要靠教授。

问：交大是如何把自己工科的院校体制和人文精神，包括"交通"这两个字的哲学出处融合在一起的？

答：工科是人类发展重要阶段中的非常重要的学科。当一个国家在快速发展时期，它的国家领导人以及各个部委的领导人很多都是出自理工科的。当一个国家发展到一定阶段之后，逐渐变成文科了。你看美国总统，很多是律师出身的，这是不同的发展阶段所要求的，中国现在还在快速发展，所以工科仍然是至关重要的。工科强调的是有目标节点的、任务性的、现时现刻的执行。理科强调的是科学的最本源规律，按照规律办事。文科强调的是真善美，对一个民族文化的哲学思维。各有各的好处。现阶段，交大正在开始转型，但是这和国家转型是同步的。所以交大现在也有了非常好的法学院、人文学院。交大的大学精神应该有两个主要的组成部分：科学精神和人文情怀。但现在来说我们的人文情怀还不够，我希望到 2020 年的交大是一个科学精神和人文情怀并重的大学。

问：在培养创新人才的整个体系中，我知道交大在做一个实践尝试，在做目标管理。把创新型人才包括科研人才分类发展、分类考核。我想知道在这个体系里您有什么经验和教训？实施的要点是什么？

答：的确，交大分类发展中要求每个老师选择自己适合的岗位方向来发展。但分类的具体方式是为了符合交大的某个发展阶段，有一些分类是现阶段暂时性的，最终交大的分类会变得和世界一流大学一样。让老师去做自身发展类别的选择不容易，很多时候充满挑战，甚至是一个痛苦的选择。我们强调每个老师有同样的选择权，同时这个选择是可以逐步达到的。比如说我们给老师三年的选择时间，第一年可以选一个岗位，这个岗位是与一个不同的考核体系相伴的，发现不适合，第二年还可以选择第二个岗位，第三年可以选择第三个岗位。对所有人机会均等，一般来讲大家都会找到更适合的岗位。

问：能否对中欧今后十年、二十年的发展谈谈你的设想和期望？

答：过去二十年的道路我们为什么走得比较好，我们发现一个根本的原因就是过去二十年我们一直和欧方的合作伙伴一起规划中欧的今天。重要的是，过去二十年，我们了解了未来的中国，也就是过去这一段时间需要什么样的工商管理人士。欧洲其实走过同样的道路，所以这一段他们给我们规划得非常好。未来的二十年要想成功的话，也是需要对世界、对中国未来的二十年有一个非常清晰的把握。比如说很多地方都在讲中国制造业要走向高端，但是一个国家永远是经济增长和就业率这两点不能偏废。高端制造业意味着更加智能化，用人更少，就业岗位会大幅度缩减，因此一定要有大量的不那么高端的服务业相匹配，才能保证充分就业。这样中国的社会才能发展得又快又稳定。所以我比较反对有的城市什么都说高端，高端制造业、高端服务业等。单一个城市没有问题，但是全国都这么发展会出现大乱子。这对我们未来培养管理人才是一个巨大的挑战。

很多问题假如用科学的角度去思考，会发现并非都是肯定的。比如社会需要清洁能源，中国有大量的太阳能储藏，只要把我们中国国土的四分之一覆盖上太阳能电池就够用了，但是成本会很高，而且污染也将会远远高于现在。表面上看起来非常好，但现在的技术却不是越用越好，太阳能技术要有革命性的变化才能大规模应用，否则给我们的环境带来的是一种灾难。我们其实在过去的发展中走错了非常大的一步，就是曾经有一二十年的时间我们学的是美国。我们先发展的是公路和汽车，但火车要比汽车环保得多。假如我们先发展高速铁路，现在的中国人不会一出门就坐汽车。中国这么大的人口基数，根本承受不了这么多汽车，但是可悲的是我们已经走错了路，于是给环境带来了这么大的灾难。

在早期发展的时候，欧洲的同事曾经跟我们说："你们不要走先破坏后治理的道路。"当时不懂这句话的意思，现在回过头来才明白。

同样面向未来，我们要让思维方式更加开阔，用更加全球化的视野去规划中国的发展，我相信中欧未来的二十年会再创一个辉煌。

问：您在交大这八年的工作中碰到了哪些困难，又是如何克服的？请讲三个。

答：确实有很多困难，选三个比较难。

第一个还是师资队伍，怎样从现在的师资队伍过渡成一个世界一流大学的师资队伍，在这个过程中怎么样摆正引进和培养的关系，这需要很精细的思考和很精细的管理。因为很多东西是有顺序的，顺序一旦错了，这个改革就失败了。曾经有一段时间，我最怕的是这两个群体产生矛盾。也因此一开始设计制度的时候，引进教师的收入都不能用国家的工资，而要另外筹款。万幸的是交大的老师让我非常感动。我们很多方面不如北大和清华，但是有两方面我们更有优势。第一个就是交大的组织优势。交大过去118年的发展历史走得很艰难曲折，我们历史上有六次大起大落。但交大就是交大，哪怕把这个学校打散了，你只要给它时间，它会重新变成世界一流大学。这就是我们的组织优势，一旦决定了做什么事情，达成共识的时间会非常快，一旦达成共识以后，没有人再去说别的。第二个优势是交大的改革优势。全体交大人在过去发展的历程中总结出来，不改革就没有希望，交大对改革的承受能力非常强，正是因为这样，我们这个制度不是走的试点，而是整个学校一起朝终身教职评定制度的方向走。虽然艰难，但是一旦走过去就比较彻底。

第二个挑战，我想讲一个小故事。2008年，我跟我们青年老师座谈，了解到他们收入非常低，那时候我也向他们承诺增长收入。后来我就到处去找钱。2008年3月我到日本找到一个企业家，他是交大的老朋友。我去之前我们的老师告诉我，这个老先生最多可以给交大捐100万元人民币左右。我一见这个老先生就觉得他非常慈祥。他问我："你是我见过的最年轻的大学校长，日本大学校长年龄都很大，你这么年轻就当了校长，你告诉我最怕的事情是什么？"我就说："我们学校年轻老师的收入实在是太低了，你能不能帮帮我？"他就问："我为什么帮你？"我说："第一，你在中国的产品主要在长江三角洲，我的产品的主要客户也都在长江三角洲，假如我的师生在去长江三角洲之前就知道你的产品名字的话好不好？"他说这个挺好，但是还不够。我接着说："第二个理由，你假如给我一笔钱，除了支持我的年轻老师以外，我还可以设立一个创新的专利奖。中国有很多专利都浪费了，我们帮助做筛选，选出好的专利由你们和交大共同拥有，接下来有进展，两家分享利益。"他说这个也挺好，但是还不够。我就感到非常发愁了。接着他问我究竟要多少钱。我说一亿元。他说那要有第三条理由。我说："如果这一亿元你不能捐给我，那就借给我。

这十年的时间，我用这笔钱投资，每年能有10%左右的回报。这10%去支持年轻老师，十年后我还你的钱比现在你借给我的钱还多。"老先生一想哈哈大笑，指着我的鼻子说："你是我见过的最精明的商人。"后来这个老先生让我非常感动，义无反顾地支持我们。即使日本大地震，他的企业遭受损失也仍旧遵守他的承诺。交大发展至今，的确是千千万万交大人和非交大人支持的结果。

第三个是一个人才培养的案例。致远学院刚刚成立的时候，教育部不批。2008年时，交大的理科还很弱，没有资格申请，我缠着教育部副部长一定要批给我。他说要想培养出高水平的学生，一定要有好老师，交大没有那么多好的理科老师。我们建设计算机学科，致远学院要找一个顶尖的教授，我知道有一个计算机方面的大师，他对人才培养非常有见地，我就给他写信。我说我是交大校长，我想邀请你来交大帮忙。他的回复就一个词"No"。我再写信，他就回复了三个"No"。我又给他写信，他说他的任务太多了，也在帮助中国的其他学校培养人才，不能给交大做任何承诺。但是我发现他用的邮件网址是重庆的一个网址，从中得知了他所在的宾馆，我就连夜飞过去。第二天早晨我敲他的门，嗓子压粗说是客房服务。他问："是什么客房服务？"我说我就是昨天写邮件的那个人。他说："你是一个上海人？是交大校长？""对，我是上海人，是交大校长。"他说："我服了，我跟你走。"后来在这三四年的时间里，他每年在交大要待四个月的时间，不但他来，还带了 16 个他的同事组成了所谓的交大致远学院的讲师团，都是一流大学的教师给我们上课。这只是一个例子，我们几个学科都逐渐找到了顶尖的师资，原来交大弱小的理科也逐渐变得强大了起来。

（2014 年 3 月 7 日）

初赏鲜蟹：中欧国际工商学院与
宁波诺丁汉大学

杨福家

杨福家，英国诺丁汉大学校长，中国科学院院士，第三世界科学院院士，原复旦大学校长。第一位以玻尔命名的中国物理学教授。第一位出任英国著名院校校长的中国公民。

为什么我的标题为"初赏鲜蟹"？中国有言：第一个吃螃蟹的人是很令人敬佩的。这么一个动物，看上去这么可怕居然有人敢吃。而我觉得，无论中欧国际工商学院还是宁波诺丁汉大学，都是第一个敢吃螃蟹的。

1993年我成为复旦大学（以下简称复旦）校长。很坦率地说，回忆那时，我真的不懂为什么会做校长。1991 年我当上了院士，在公布的前一天我才知道这个消息，就这样稀里糊涂地当上了院士。当了院士之后，上级领导就来请我做校长。这个决定现在看来也不完全对，不一定要院士才能当校长。如果按这样的逻辑，美国所有校长都得是诺贝尔奖得主了。院士是院士，校长是校长，是两回事。

做复旦校长的时候我对如何做教育真是不了解，这么说并非我谦虚。那时我只能凭感觉办事。我进复旦的时候最深的感受是什么？在我大学一年级时是国家二级教授来上课。第一次考试复旦施行口试，在校内是示范性的。我第一个进考场，考场一边坐满了教师，有两个主考官，我虽然学得不错，但从来没有见过这种场面，一进去就被这场面吓坏了。系主任口试我，我一下不知道怎么回答，最后勉强给了我 4 分。但没想到的是，之后这个系主任找我到他办公室，对我说："我知道你学得不错，就是紧张了，下次不要紧张。"那么大的人物能够与我谈这些我非常感动。第二天一进考场老师就说不要紧张了，考官也调整为一对一了。这给我的感觉就是：即便是大教授也能这么亲近学生；此外，老师之间是相互通气的，他们都关心学生。

此后，有位刚从北京调到复旦的教授给我上原子核物理。上课时，他讲的内容有一部分我感到有点问题，但是不敢举手询问。最后我与助教交流我的疑问。结果那位教授把我请到他家里，帮我解释了我的疑问，指出我考虑欠妥，使我非常感动。最后他还把我送到楼下，并收我做他的学生。于是我就成了他来复旦的第一个学生。这段经历使我感受到什么呢？那就是老师的重要，老师关心学生的重要，大师的重要。

1980 年，我在复旦已是正教授，老校长苏步青来找我，让我去上课。那时候教授已经不上课了，但我遵从了他的指示。实际上上课收获很大，与同学有很多密切交流，能学到很多东西。我一上任复旦校长，就要求所有的名教授、博士生导师都要去上课，这是我当时下的第一号命令。这些都是凭我自己的感觉在做。

但是经过在英国的十几年，特别是从宁波诺丁汉大学建立，我对如何当校长的认识就有所不同了。我要讲的有三个问题。这三个问题也是我从宁波诺丁汉大学学到的：小班课、第二课堂和博雅教育。

小班课

哈佛校长说他做三件事情：第一是在全世界范围找钱；第二是在全世界范围找人；第三就是签字。我借鉴了他的说法，在宁波诺丁汉大学时我下定决心，虽然我是法人、是校长，但是主要权力都下放。我在宁波诺丁汉大学设了一个执行校长，这样我自己就能够静下心来做喜欢的事情。什么事情？就是去听课。听课后我就认识到英国大学实行的小班课体制有道理。

以前，对小班课我是不认同的。通常的模式是：大教授上大课，助教上小班课。一个班二三十人，小班课都是助教上，助教帮助你做习题。但是英国的小班课不同。第一次我去听课时，有一个老教授，一共三个桌子，总共加起来14个学生。教授先讲了15分钟，然后同学来探讨，研究问题。上课、讨论、互动，这样学生感受完全不一样。

我在复旦做校长，第一学期是很痛苦的。暑假到了，毕业班的同学第二天要离开，前一天会把房间的东西全部摔碎，发泄一次走了，对学校没有感恩之心。这是学校的失败，学校究竟给了他们些什么？进复旦的学生非常优秀，但是出去究竟放大了多少？我在诺丁汉大学半年里收到的学生来信超过了在复旦六年学生来信的总和。信里的意思就一句话：（诺丁汉大学）改变了我的一生。而在这个过程中小班课的作用很大。小班课起什么作用？

第一个作用是发现火种，点燃火种。学生之间的差别不在于分数。宁波诺丁汉大学的分数是保密的。家长打电话来问孩子的考分，学校是保密的。家长可以去问孩子，看孩子是否愿意告诉你。分数不能代表全部，是他们的隐私。重要的是什么呢？发现火种。学生的差异在于头脑中的火种不一样。3000年前有人说过，人的头脑中有他的火种。我们的任务是帮学生一起把火种点燃。小班课的任务之一就是帮学生找到火种。找到火种不容易，有的人大学毕业还没找到。有一个学生大学毕业，获得博士学位两年后才跟我讲，那时他才知道火种在哪里。但一旦发现火种的确整个人就腾飞了。发现火种，找到火种，把它点燃，这是一个人能不能获得成就非常重要的环节。

小班课的第二个作用就是提倡问问题，提倡争论。没有什么问题是不可以问的，也没有任何回答是不能加以讨论的。我越来越感到争论的重要性。我们中国今天为什么科技落后，关键之一就在于我们不敢争论。

讲一个故事。有一个小孩在耶鲁大学旁边的小学里念书。有一次上课时，老师讲故事，讲到一个字很难，老师帮他写下来。结果这个小朋友举手说老师拼错了。真的拼错了吗？老师说："我查一下字典。"可是这个小朋友又举手说："你不用查字典，保证你写错了。"结果是什么呢？这个小朋友在全校家长会上受到表扬。这个事情倘若发生在我们中国的小学，那恐怕会批评你目无尊师。这里的不同决定了今天为什么我们科技落后。

钱学森跟他的老师冯·卡门有一个故事。两人有一天在钱学森办公室门前争论得非常激烈。这个老师脾气大，生气地把门一关走了。第二天早晨，冯·卡门，这么著名的火箭专家来敲钱学森的门，进去以后就一鞠躬，说："你对了，是我出错了。"这就是师生之间的关系。

后来我发现这种关系、这种争辩来源于一幅名为《雅典学派》的画。《雅典学派》是拉斐尔在 1509—1510 年画的，收藏在梵蒂冈博物馆。画里中间两个人，一个是柏拉图，一个是亚里士多德，一个是老师，一个是学生，这两个人在拼命地争论。旁边有 50 个学者也在争论和思考，他们都是有名的学者。柏拉图手往上，表示一切源于神灵的启示；亚里士多德手向下，表示现在的世界才是他研究的课题。这张画里面产生了著名的一句话：我爱我的老师，但是我更爱真理。这句话决定了为何中国的科技停滞不前，关键就是没有争论。

美国的氢弹之父埃德华·特勒（Edward Teller）每天到实验室都要问十个问题。大家发现他大部分的问题都很幼稚，甚至错误，但没人笑他。其中还有一两个问题是至关重要的，而就是这一两个问题引起了大的创造，没有问题就没有创造。复旦的校训"博学而笃志，切问而近思"。李政道看了这句话以后说："我最欣赏的是你们每句话中间的第二个字，'学'和'问'。"学习、问问题才是学问的关键。他后来写了一首诗：要创新，需学问，只学答，非学问。要创新，需学问，问越透，创更新。爱因斯坦讲过一句话："我没有什么特别的才能，不过喜欢寻根问底地追求问题罢了。"因为不断追求问题才有大的创造。

这是我在宁波诺丁汉大学多年得到的第一个体会。在小班课里，老师鼓励学生都来提问题，争论问题，而且没有标准答案，没有准确的错和对，而更重要的是看你的思路是不是正确。

第二课堂

我的第二个体会是第二课堂非常重要，包括学生的社团、社会实践、参与科研。这也是我做复旦校长的时候不知道的。复旦有很多社团，感觉学生学习太枯燥太累，弄些社团玩玩很好，缺少经费会给经费，没有想过其他。但是经过这十几年我认识到，第二课堂是培养一个人非常重要的环节。宁波诺丁汉大学有足球队、乐队、溜冰队等各种各样的社团，6000 人的学校里社团接近100 个。

第二课堂为什么重要？我讲一段小小的历史。1998 年 10 月 5 日，联合国教科文组织在巴黎召开了迎接 21 世纪的高等教育会议，我作为国际大学校长协会的代表参加会议。在闭幕会上大会主席做总结，讲到三句话：为了迎接 21 世纪高等教育必须国际化；每个公民应该有终身受教育的权利；学校必须以学生为中心。而且用了四个"学"字：学以增知、学以致用、学会思考、学会做人。后来又加了两条：学会问问题，学会与人相处。这其中有好几条与第二课堂是有密切关系的。怎么使得学生学会与人相处，怎么提高他的社会工作能力？所以第二课堂不是我以前想象的只是用来玩的，它对培养学生的全面发展起了非常重要的作用。因此，我感到必须把第一课堂与第二课堂相结合。如今，还要加入第三课堂——网络。大班课恐怕慢慢会被第三课堂取代，但是小班课在我看得见的将来是取代不了的。

诺丁汉大学的每届学生毕业时都在学校里种棵树，树前面立一个碑，碑上写上几句你认为四年来最有体会的话。2012 年这届学生毕业时，树前的碑上写了八个字：做人第一，修业第二。如果我在二十年前提倡做人第一，修业第二，下面的人会觉得这是党委书记在做思想工作。但是现在十几年的经验使我体会到，世界上所有一流大学都是遵照这八个字的精神的。这八个字我第一次听到是在斯坦福大学。斯坦福大学是一个科技大学，在这里前两年是不报专业的，当时每个人都要念一门思想和文化价值观相关的课，也是这八个字的体现。

总的来讲，我觉得中欧国际工商学院（以下简称中欧）办到现在非常不容易，十年就达到那么高的标准，二十年又是很高的标准，再过二十年会是怎样呢？我提出来供大家参考。我希望中欧二十年以后在国际上是非常有影响的单位，既搞学术，也培养人，还搞科研。

尼尔斯·玻尔（Niels Bohr）与爱因斯坦齐名，是20世纪最伟大的两位物理学家之一。我理解玻尔的创造是伟大的，但是以他一生的评价来讲最伟大的还不是量子论，而是1920年创立了影响非常大的玻尔研究所。玻尔是丹麦人，丹麦没有物理学，他的成就是在英国卢瑟福的指导下回到丹麦取得的。1913年，他发表了最重要的三篇论文后，很多人请他到英国去，美国知道后也请他到美国去，结果他说："我哪里都不去，就要在小小的丹麦建立让世界认可的研究所。"这是非常伟大的爱国主义情操。他成功了，这个研究所的建立所产生的影响大大超过了他的那三篇文章。这个研究所倡导的伟大精神是永垂不朽的哥本哈根的精神。他与他的学生沃纳·海森堡（Werner Heisenberg）和沃尔夫冈·泡利（Wolfgang Pauli）一直争论不休，学生和老师之间是没有鸿沟的，可以非常平等地交谈，平等交流意见，可以充分表达反对意见。海森堡是在他将近大学二年级的时候很幸运地到德国去听玻尔举办的一个演讲。听了演讲，年轻的海森堡就举手提问题了。这个问题玻尔一听是没法回答的，正中他演讲的要害。演讲结束以后玻尔就邀请海森堡一起散步，一个诺贝尔奖得主请一个还不到大学二年级的学生散步，边走边谈。这次散步决定了海森堡的命运。之后玻尔就请海森堡去他那儿工作。海森堡在与玻尔的持续争论中，逐渐找到了灵感，写下了量子力学最著名的公式——不确定关系，这个公式奠定了量子力学的基础。玻尔研究所的教授，有很多拿过诺贝尔奖。我1963年到玻尔研究所，来接我们的是一个杂志的主编，没有把我们接到旅馆，而是直接带到了教室里面，感受一下当时激烈争论的环境。这里正是贯彻哥本哈根精神的地方。

博雅教育

最后要说的是博雅教育（Liberal Arts），实际上博雅教育的内容在前面已经讲到，这里作为总结。什么叫博雅教育？有些地方称"通识教育"，有些地方叫"文理学院"，等等，我认为都不妥当。博雅教育是最好的称呼。这几年来我认识到博雅教育是世界上所有一流的本科院校都在贯彻的，美国最好的本科都是博雅学院。我对它的认识也有一个过程。

博雅教育有五个要素。

博雅教育的第一个要素是强调要"博"，有广博的知识。文理科是相通的，是相结合的。所以我希望学生们不要把自己局限在很窄的范围里面。举个例子，一个拿国际数学奖的人竟然是大学历史系毕业的。在博雅学院报历史系，前面两年不分专业，后面在历史方向的学习也很淡化。他怎么能拿国际数学奖？在我们看来是无法想象的。我们要获得医学的诺贝尔奖至少要学生物专业出身。这个历史系毕业的国际数学奖获得者说：历史与数学是相通的。什么叫历史？真正的历史是批判性的。学历史要有很好的老师，告诉你哪些是对的，哪些是错的，历史记录不完全是对的。今天的历史写下来，过三十年后，你们会发现中间很多是虚假的，要用批判的眼光分析、学习历史。为此对教师的要求很高。这位国际数学奖得主说：历史批判里面充满了逻辑，数学也充满了逻辑，两个逻辑不完全一样，融合起来就非常完美。所以文理是相通的，博雅教育第一就是要有广博的知识。

博雅教育的第二个要素就是要"雅"，也就我们之前说到的"做人第一，修业第二"。

博雅教育的第三个要素是要有措施。措施是以小班课为主，强调小班课里的争论、探讨、自由发言。

博雅教育的第四个要素是要有丰富的第二课堂，包括学生社团，也包括与教师一起参加研究，以及社会实践。美国最好的博雅学院就是威廉姆斯学院。威廉姆斯学院主张教师可以搞科研，也鼓励搞科研，但是要学生们必须一起参加。

博雅教育的第五个要素是育人第一。怎样把博雅教育做好，我认为关键是你要有一批教师，能绝对把育人放在第一位。现在很多中国高校不把育人放在第一位，而是把写文章放在第一位。这并非教师本身的问题，而是体制决定的，每年要评审有多少文章发表。诺丁汉大学为什么能做到育人第一，也是体制决定的。我们的教师是世界范围内招聘过来的，招聘来是签一年的合同，最后审核是以学生的满意程度为标准的。如果学生不满意，不把育人放在第一位就不续约，而学生满意就再签三年合同。三年后再满意就签五年合同。这个体制决定了老师绝对把学生放在第一位。但也不是绝对不搞科研，老师要升教授，要发表文章，自己应该做好研究，也有利于教学。所以怎么能做到把育人放在第一，这是关键中的关键，否则一切都是空谈。

·对 话·

问：为什么您在人生的每个阶段和关键节点能够迸发出新的思想，可以把国际的、中国的、教育的、科学的这些智慧融合在一起？

答：我一生比较幸运，有很多的机会。李政道教授讲过，不管你多勤劳，不管你多聪明，如果没有机会是没有用的，这句话讲的是很对的。"文革"期间是没有给人任何机会的，很多有才的人都被毁掉了。我比较幸运，生长在这个时代但碰到一些好人。复旦大学当时的党委书记很不一样，他几乎不坐办公室，就是在下面跑。半夜十二点半到我们宿舍里面，看我们还没睡觉，就问我们有什么困难。我们告诉他说有一系列困难，他就让我们第二天早上8点去他的办公室。结果他8点钟把学校各部门的人都找来了，所有困难都帮我们解决。他给了我机会，在1960年的时候破格提名让我做副系主任，这在复旦历史上是没有的。到了1963年我得感谢钱三强，他令我有机会到丹麦玻尔研究所进修，这对我一生都很重要，使得我有开阔的国际视野，还交了很多朋友。在这个阶段认识了很多人，所以让我更容易走向国际。要问我有什么特殊的本事？其实没什么大本事，就是有很多机会。

问：请你指点一下我们怎么为中国以后的博雅教育做一点贡献？这不单是学校，教育也是社会和家庭的责任，是修行。

答：首先要进一步熟悉什么叫博雅教育。真正的博雅教育从小时候就要开始。孩子是可以塑造的，要使更多学校更多人懂得博雅教育的含义，推动它。每个人都可以作为推动的一分子，使得更多年轻人受到更好的教育。我相信中央也会越来越重视，所以我们在2014年4月召开会议，让大家来研讨博雅教育怎样能够在更大的范围广泛地被大家所接受。

问：您是否赞成将来中国的中学教育取消文理分科？

答：我完全赞成。我已经建议了许多遍，在中学就分文理是完全不通的，文理应该密切结合，不可分割。分文理科在培养人才上只有坏处，使得我们培养杰出人才非常困难。我同时也建议大学不要按一类本科、二类本科、三类本科这样的概念去区分。我的《博雅教育》一书中有讲，教育要均衡发展，"三百六十行，行行出状元"，这个非常重要。我初中毕业时第一想考的是在上海文化广场旁边的高等职业学校，就是一个中专，但却很难考。有人劝我说太难考了，别去了，结果我就考了别的中学。如今却不一样，现在进职业学校家人都觉得丢脸，但在国外60％的学生都进职业学校。现在大学生毕业后就业有困难，职业学校毕业后就业则没什么困难，所以我认为结构应该要调整。

问：宁波诺丁汉大学在中国本科体制内教育一枝独秀，它所面临的一些问题和挑战是什么？例如，您提到很多应聘老师开始只有一年的合同，这是否意味着一开始老师进来的教育质量都是不确定的？

答：宁波诺丁汉大学被大家认识有一定的过程。我们在2004年招生的时候有一定困难，没有人认识这个大学，所以当时入学三本分数线的学生也有。但是我们逐步被大家认识了，如今再想进这个学校就越来越难。因此也迫使我们不断扩大规模，本来我们的计划规模是4000人，现在已经到了6000人。我们的另一个优势是毕业生大受欢迎，过去十年都是百分之百就业，或者进入非常好的研究生院去深造。凭着这两条，我们的声誉在日益提高。我们需要在这个基础上进一步把它深化提高。开始是发英国文凭，现在我们开始发中国英国两张文凭，使得中国元素进一步增加。

同时，学校要在这个基础上增加一些有特色的课程研究，也把为社会服务方面做得更好，以此为根基慢慢往前走。

我们的师资力量仍旧不够强大，学生数量增长得太快了，现在师生比是 1：17 到 1：18，我希望师生比能更完善。另外我们的结构也存在一定问题。宁波是个商业城市，它希望培养更多的商业人才，因此我们的商学院很大。这两年已经在调整，要将商学院的人数减下来，但是这是不容易的，因为要将其他一些重要学科的比重加上去，所以保持人数不变的同时要把结构调整得更合理，这些都是我们的挑战。

（2014 年 3 月 14 日）

解密万达执行力

王健林

王健林,大连万达集团董事长,中共十七大代表,第十一届全国政协常委,第十一届全国工商联副主席,现任中国民间商会副会长,中国企业联合会、中国企业家协会副会长,中国商业联合会副会长,中国慈善联合会副会长。

万达已经连续 8 年环比增长超过 30%,最高年度增长 45%,发展速度成为一个神话。万达的执行力名声在外,执行力强突出表现在以下两个方面。

第一是说到做到。我们会在每年 9 月召开万达商业年会,会有超过 2000 个商家来参加，在会上我们就会公布第二年所有的万达广场、酒店以及其他所有项目的开业时间。而且开工的时候就会确定开业时间并且一定能够做到。大家就会觉得很奇怪，为什么我们要提前一年多就向社会公布呢？不是给自己套绳索吗？这是源于一种换位思考，如果说我告诉别人具体的开业时间，比如说五一劳动节或者是春节开业，不同的开业时间对商家而言要准备的物料和人员数是完全不同的。商家能获取的利润有限，比如说原计划定在五一劳动节开业，商家的人员物料配备都齐了，但是到时候我说对不起，得要拖延到十一期间了。即便物资产品上没有太大的损失，但是招聘的员工半年的工资可能就会消耗掉商家相当大的利润。所以我们一定要准时开业，让商家能有准备。

第二是算到拿到。不动产领域周期长，不同于一般制造业。万达大约可以做到两年一个项目，很多企业需要更长时间。这么长的生产周期，成本控制非常困难。此外，这是非标准化的生产，不同的地段有不同的设计，不同的区域要安排不同的商家。这样的情况下，从开工到竣工结算，很难做到不超支，一般项目超支 15%～20% 是正常的。而万达这么多年来，所有不动产项目，最后结算成本都是低于预算目标的。换句话说，净利润会高于目标，靠的就是成本控制的功夫。

万达的超强执行能力是怎么练出来的？外界也有很多误读。比如有人说万达是军事化管理，不行就抽鞭子。现在人才竞争这么激烈，怎么能靠抽鞭子呢？要让所有人心甘情愿地为企业奋斗，完全靠军事化管理，人早就跑没了。那万达的执行力究竟靠什么练就而来？这要从三个方面来说。第一是形成执行文化；第二是执行管理模式；第三是科技保障执行。

形成执行文化

第一，要以身作则。以身作则对民营企业来说很难做到。也许是因为我在部队成长，这给我带来了性格烙印，我要求员工做到的，自己一定要做到。多少年来，我都敢说一句话——向我看齐。比如说不搞裙带关系，我自己就没有任何亲属在公司工作。我希望人才来了之后，不要感觉万达是家族式的，或者认为决策不透明、是非理性的，是老板拍脑袋做决定的模式。再比如，现在我在公司里不报销一分钱，虽然我是绝对的大股东，但我自己带头，作为大股东不占小股东的便宜。

第二，没有不可能。万达执行文化的特点之一就是很少说不可能。我在公司也特别反对这样。如果在探讨目标的时候，有人多次说肯定不行，我就去驳斥他。你可以说非常困难，有可能完不成，甚至可以一二三四五地说明原因，但你不能说肯定不行，干不了，如果这样那还讨论什么呢？如果说任何一个任务还在讨论当中，你就直接否决了，这不是万达的风格。我提倡上下博弈、同级博弈，博弈之后形成的任务，才有完成的可能性。只要大家经过博弈讨论确立过的目标，就没有人说完不成、做不到。当然目标要先说清楚，绝对不是拍脑袋说今年必须要做到多少目标。我们一年的目标形成需要 9 月、10 月、11 月三个月来完成。一旦确立目标之后，大家会去为完成任务想办法，不会为完不成任务找借口。想做成一件事总能找到办法，不想做成一件事总是会找到借口。在我们的团队里，大家共同感觉到完不成任务是一种可耻的行为。每年我们会把项目的成绩、品质做一个排名，从第一名排到最后一名，年终大会的时候公布出来。位居最后一名的人，特别是一把手，很多时候都会辞职。

这样在万达就形成了一种文化。比如说广州的项目，当时定的任务是两年完成，这是正常的工期。但是，广州市市长和市委书记跟我说，广州缺一个现代化的、综合性的大型生活购物中心，而亚运会在广州举办是上百年等一回，能不能在亚运会开幕之前让这个购物中心开业？我答应了。重新排计划，非常难。40 万平方米的一个项目，如果说不是有原来一系列能力的锻炼，是无法做到说快就能快的。最后我们咬着牙，让这个项目按期开业，用 11 个月时间完成，创造了中国商业史、建筑史上的奇迹。如今这个项目依然在我们的系统中保持着非常高的收入和赢利指标。

还有武汉中央文化区，本来这个项目不是非常急迫，但开工时间不长，武汉的领导就说：辛亥革命百年纪念要到了，万达是一个重点工程，能不能提早开业？同时考虑到如果那个时候能开业，可以省下不少营销费用，所以我们下决心做，也创造了奇迹。10 个月时间完成的项目绝非粗制滥造。武汉市委书记陪台湾地区新党党首去参观我们的成果，获得了好评。

还有我们的长白山国际度假区，因为要去竞争冬季亚运会举办权，一定要在 2012 年 10 月之前竣工。这个项目非常赶，而且必须在冬季施工，项目完成之后，我们几百名核心高管都飞到现场进行表彰，给施工团队发重奖。当然这种项目只能是偶尔为之，如果一直是这样艰苦的工作环境，员工也不能持久。26 个月完成了全部项目，也创造了奇迹。开业当年我们的滑雪场赢利比哈尔滨亚布力滑雪场高出 50%。2014 年第二个雪季比前一个雪季增长 100%，滑雪旺季的时候人满为患。

再举一个销售的例子，我们青岛的东方影都项目，由于预售证原因，完成任务的时间只有 16 天，当时我们的销售目标是 30 亿元。我们的团队完成销售任务的时间从半年压缩到 16 天，想了很多办法，超额完成任务，推出的项目销售一空。

举了这么多的例子，就是想说明，当我们因为特殊原因做了某种难以完成的决定时，所有人都会想尽办法把这个任务完成。当然老板要心里有数，这是特殊情况，正常情况下还是正常的工期。

第三，奖惩严格。奖惩严格这句话谁都会讲，但真正敢奖敢罚不容易。比如说武汉的项目创造了奇迹，不到 100 个人，2012 年目标销售 70 亿元，实际销售 100 亿元。奖金敢不敢发？肯定要发，在万达，只要定了目标就完全兑现。我们也敢罚，当年的创业元老之一，某位管招投标的副总裁，当时我们要举行一个电缆招标，我们已经有了品牌库了，都是千亿级的企业，但是他极力推荐一个几亿级的企业。其他副总都不同意，不签字。后来他的老总就把这件事告诉了我，我们公司马上进行调查，发现这里面是有猫腻的，于是马上开董事会，把这个人处理了，因为他触碰到了我们的红线。

执行管理模式

真正要把执行做好，还是要看管理执行的模式是什么样的。

第一，我们是总部集权。权力向总部集中，弱化总经理个人作为。在万达的总经理和副总经理经常是轮换的。不存在不服从，不服从就解雇，这就是我们的执行文化。

第二，垂直扁平管理模式。成本部门、财务系统、人力资源系统以及质量监督系统、安全系统都是总部垂直一条线。人员之间是满三年轮岗。地区的一把手在各个地区之间形成既支持又有制约的关系。

第三，强化监督。人的天性中本身是有弱点的，很多人的性格也会发生变化。我经常说靠制度不靠忠诚度，忠诚度是靠不住的，面对内外部环境的变化，忠诚度都可能改变。因此我们靠的是严格的制度管理。制度设计的一个特点就是对任何人都不信任。比如说招投标，所有行业的品牌库，仅限三家，最多五家，只选前五名，人为操作空间小。再比如，规定什么级别的商家可以进入什么等级的店，尽可能减少人为的操作自由。在强化监督方面，我们建立了一个强大的审计队伍。我在集团什么都不管，只管审计部。审计的人懂业务，建立了很大的权威，这也是保证员工不冲高压线的很重要的一点。举一个例子，我们在漳州公司的副总等人在项目完工之后，把房子用一批身份证给买了，再转卖，贪了好几百万元。被我们查出来后，决定绝对不能简单处罚，而要追究刑事责任，向检察机关提起诉讼。

科技保障执行

执行能力的形成，除了文化、制度、奖惩和监督之外，非常重要的一个方面就是依靠科技保障执行。

首先是信息中心。在十几年前，很多人还没有这个意识的时候，我们就成立了自己的信息中心，招了很多海归人员。现在信息中心经理是很高的级别，相当于副总裁。几年前万达就实现了从信息到移动终端所有办公系统的自动化，在手机上就可以批文件了。我们所有的工程进度都是由探头来管理的，探头进不去的，我们要求录像。所有的招投标都是高度信息化的。我们信息化搞得好，也敢投入，因此被评为中国唯一的全球信息化百强企业，也被工信部评选为全国信息百强企业，是前十名当中唯一的民营企业。信息化使万达的执行力和快速工作能力得以极大的提高。

其次是计划模块化。万达特别强调计划，有专门的计划部，每一年、每一月、每一周、每一天都有计划，我们的财务计划、成本计划、现金流计划、利润计划、人员成本计划、招聘计划等每年都有，每年 11 月底，我们所有老总都知道第二年应该招多少人，花多少钱，收多少钱，要细化到每一周。

计划这么细，不动产公司的工程进度很复杂，怎么办呢？经验靠不住，因此我们开发了一个工作计划模块化软件。比如说购物中心，我们从项目开工那天起，一直到开业，一般来说长达两个整年的时间编写了 360 多个计划节点。比如说工程建设中负责施工土建的人员，要保证某一周的工程进展到第几层；负责设计的人员，要保证哪一天交什么图纸；负责招商的人员，要确保什么时间什么店进场，一般主力店进场早，分店进场晚，小店进场更晚。员工不用考虑别人的事情，只想自己这个行业、这个节点，每个人把自己的事情完成就可以了。计划节点做好之后，编入我们的信息系统当中，如果正常运行就是绿灯，任何一个方面没有完成计划工作量，自动亮黄灯；黄灯亮了一周还没有解决问题，就是红灯。红灯会根据不同级别进行处罚。黄灯亮了之后，任务如果被处理好，自动转为绿灯。另外，三个黄灯相当于一个红灯。

为什么万达总可以按期开业？核心就是计划模块化管理。在万达，哪一个部门做什么事，在总部计划到周，在分公司可能是计划到天，绝对不允许一名员工负责的项目比计划晚了三个月还没有追究，可能晚了两个月就换人了。我们有一个人才储备库，每个行业储备比例是多少都有规定。宁可拿出一定的人力成本，让他们在总部等着候补。随着我们事业的扩大，候补者也会上。所有方面我们都是有计划的，计划模块的软件是保证我们按时开业的核心法宝。

最后是慧云集成化。怎么用一种办法来规避人犯错？我们经过多年努力，在 2013 年完成了慧云的研发，在四个万达广场进行了试点，2014 年会全部铺开。把包括消防、水、空调、泵房、节能、安全等所有东西都集成在一个超大屏幕上，机房完全是智能化的。计算机软件会有提示音。比如说这个人要换班了，会提前两个小时自动提醒你，然后会有一个信息告诉替班的人，应该上班了。再比如说空调，某个地方的人非常多，就会自动加大送风量；如果人比较少，就会自动降低送风量。这些保证了我们的执行，保证万达不犯错误。我们是有过教训的，2008 年曾经发生过火灾，一下子失去了十几个生命，这样的事情我们要尽可能地避免。

总 结

万达的执行力是靠制度、文化、严格的奖惩以及科技手段才锻炼出来的，形成了至少在中国企业里面第一名的执行力。现在没有一个企业敢说什么时候开业就什么时候开业，而且成本完全在控制之中。当然商业模式也很重要。所有这些保证了万达连续 8 年 30% 以上的环比增长，过了千亿规模之后还保持着 30% 的增长。

2013 年全球经济下滑，我们依然保持 30% 的增长速度，资产达 3800 亿元。按照这样的速度，即便是我们减速到 15%，到 2020 年也可以做到一千多亿美元的年收入，上万亿元的资产。2020 年，万达绝对会成为世界前几十名的超级企业，而且我们要求 20% 的收入来自海外，成为一流的跨国企业。为什么我们有这么大的雄心壮志呢？我就是要用自己的实践来证明：中国民营企业完全靠市场配置资源也可以在全球赫赫有名。

执行力到位了，企业就能如《汉书·贾谊传》中所说的那样："如身之使臂，臂之使指，莫不制从。"

·对话·

问：您军人出身的背景和您的企业文化形成之间的关联性是怎么样的？

答：军人出身和成功有没有必然关系呢？我认为有。为什么这么说？并不是说每一个有军人背景的都可以成功，但是很多成功的企业家，包括政治家都是军人出身。柳传志、王石、任正非，他们都是军人出身。再讲世界范围内的例子，有调查称第二次世界大战后，在世界 500 强企业里，出身西点军校的董事长有 1000 多名，高级管理人才超过 5000 名。这很奇怪，比毕业于哈佛大学、耶鲁大学的比例要高得多。为什么呢？因为西点军校也是筛选精英的地方，淘汰率高达 40%。这其中最重要的锻炼就是有坚忍的性格和坚定的目标，这是成功的基础。成功最重要的是什么？我说是两点，第一是创新，要敢于创新。第二是坚持，坚持是性格的体现。

问：在万达集团完成内部执行力的时候，是什么让政府因素等这些非商业化的、不可控的因素能够配合企业内部执行力，来完成万达所有项目可以按期开业的目标呢？

答：确实，内部控制容易，外部控制就难了，特别是一些许可。怎么样做到我们自己的计划可以得到政府认可，并按期完成呢？这也是我们的核心竞争力。这是我多年前就开始研究的创业商业模式，让你的模式具有唯一性、创新性，让别人来请教你。多少年前，在众人还没有不动产意识的时候，我就开始搞万达广场，很多人在研究是不是要做不动产的时候，我们开始进入文化、旅游领域不断创新。我们的商业模式受到各地政府的追捧，都邀请我们去做项目，所以我们的项目在当地会成为重点工程，而且这种工程既是政绩工程也是民心工程，政府高兴，消费环境提升了，老百姓也高兴。这些合在一起，政府部门一般都会积极推进批准许可。另外吸取了很多次教训，基本上我们的土地完全是净地，排斥掉不可预见的因素才会去拿。而且我们为什么要成立自己的设计院？就是为了高度地遵从商业消防等设计规范，在设计当中尽量规避瑕疵，掌握各地规范，一般情况下就不会存在审批障碍。

问：现在很多企业，创始的时候就把股份分出去了。对创始人也好，对管理层也好，请问在股份保留方面您有没有什么建议？

答：股权和现代企业制度并不是画等号的。究竟是有一个相对大的股东对企业发展更好，还是完全建立职业经理人的制度好，到目前为止还没有定论，在世界范围都存在争议。职业经理人的问题是不愿意关心企业的长远利益，不愿意关心投资后未来五年、八年之后才可以见效的事情。欧洲有很多企业都是家族企业，它也能传承，世界上最久的家族企业传承了7代。也就是说家族企业、大股东企业、职业经理人企业都可以搞好。具体到某个企业用什么方式能搞好呢？我只能说，鞋子舒服不舒服只有脚知道。

问：中国的企业要走出去，您对走出去有什么样的战略考虑？

答：跨国企业是企业做到相当规模之后的必然选择。我们给自己定的目标是5~6年超过千亿美元收入，如果说那个时候仅仅在中国大陆地区，达到这种收入会有一定困难。因为中国经济总体来讲，会处于一个增速放缓的过程当中。过去GDP8%的增速觉得不太高，可能过一些年我们觉得5%也可以，再过一些年，我们觉得3%都可以接受了。国际化之后，会带来思维的变化。比如说我们高管开会，经常是什么语言都有的，但是有一个特点，万达招的老外当中，除非是绝对技术性的人才，管理性的人才我们规定必须要会中文，为什么？因为他要和我交流，我的英语水平是零。没有交流怎么可以把工作做好呢？当然技术性的文化创意人才除外。

对于国际化，我有什么样的战略思考呢？第一，出于我们企业的长远战略需要，我们定的口号是"国际万达，百年企业"。万达的口号或者说我们的核心战略是随着企业发展而变化的，最开始是"老实做人，精明做事"，后来我们提升到"共同财富，贡献社会"，第三次我们改变口号就是"国际万达，百年企业"。第二，从分散风险的角度我们也希望国际化，特别是民营企业，更希望国际化。第三，从企业自身增长来看，靠并购和国际化发展速度会更快。我们研究过世界 500 强企业，没有一家是完全靠自身成长发展起来的。

问：当年万达也做过住宅项目，从业务模式的选择上，您选择商业地产的模式，你的团队是不是有不同的声音？当时自己内心有没有过一个纠结的过程？

答：当初第一次转型是跨区域发展，我是在 1993 年就到广州去了。那个时候民营企业没有跨地区发展的。当时我到广州办公司，国家规定不允许，大连的怎么能跑到广州办公司？当时我就找了一家当地的公司租下来，然后开了广州公司。第二次转型是向不动产转型，第三次转型是向文化创意产业转型，第四次转型是向国际化转型。那么开发住宅做得如火如荼，为什么做商业地产？而且当时我们对怎样做不动产项目根本不懂，不会做。结果在前三年里我们被控告了 222 次，稍微缺少一点坚守精神就退回去了。我说不动产是长期稳定的现金流，中国可能再有 15 年就实现70% 的城镇化了，这个时候住房的需求、新房的需求就会大幅度萎缩。开发住宅这种大规模、快周转、大现金流的模式就会结束了。所以我从那个时候就说，要建立长期稳定的现金流。做企业必须要想到这一点，长期稳定的现金流是企业的法宝。当然，这个过程当中我也有纠结。当时我说，不管怎样先熬满5年，如果说5年还不行，我们就收。这也是我为什么说大股东好，大股东会愿意投资更长远的未来。在2004年的时候，上海的五角场、宁波、北京西同时开工，我们冥冥当中找到一些模式，如果说这三个店成功我们就走下去，如果说不成功就结束了。2004年正是第四年，结果这三个店非常成功，我们就走下来了。所以坚持非常重要。

问：国家发展城镇化，有多如牛毛的小城镇，市场可能会很大。您的商业模式在小城镇是不是可以做得通？而国际化是否存在政策风险或政治风险？

答：万达的这个模式小城镇是可以做的。目前我们在个别县城正在进行，只是说级别上有区别。万达广场在中国肯定会走入很多县城。至于说国际化，并不是说将我们的不动产模式克隆到其他国家，我们到国际上并不会投资购物中心，因为购物中心在国外已经高度成熟，几乎没有空间了。而且到美国、欧盟、英国去看，哪一块地方可以做零售是有非常严格的规定的。比如说我拿一块地，政府会规定这个地区的零售面积不可以高过多少比例，或者说干脆是不允许做零售的。我们在国外的业务，更多是文化、旅游类，也许某一天搞不动产，也会是通过并购的模式。而我并购的前提是跟自身的业务相关的。国际化战略并非指不动产模式国际化，而是企业战略和企业文化或者说企业发展的国际化。比如说我们在国际上做的最大的事情就是做高端五星级酒店。为什么外国人可以到中国开酒店，中国人不能到外面开？所以我计划十年之内，要在国际重要城市开 10 ～ 20 个高端酒店，也不排除并购一个大的国际连锁酒店。另外还有其他方面，比如文化产业方面的合作、并购等。

问：您在企业里是不是有一些培训，或者说怎么样把执行力贯彻给所有中高层的经理人？

答：我自己的一个最大的特点就是不唯书，不唯上，不唯洋，不能完全模仿别人。我讲的这些千万不要作为教材或者模式来学习，那你一定会失败。企业不同，成功的道路和模式也会不同。我现在的成功模式也许适合于跟我同行、同级别的企业去做，但小企业、创业企业就完全不一样。所以我不相信什么"成功 100 条""制胜 36 条"之类的话，自己必须要去琢磨最适合自己发展的模式。

此外，我是成功之后做一些总结。万达 2013 年有 10 万多人，2014 年会达到 12 万人。这么多新人进来，怎样学习我们的文化和业务呢？于是我们在廊坊办了一个万达学院，可以同时容纳 3000 多人，这个学院是不接受外面培训的，主要是培训业务，每一个业务系统培训自己的那部分，排成课程。我们每年要拿出上亿元费用来搞培训，由副总裁当院长。主要以短期培训为主，不搞学历教育。我非常痛苦的是在大学招不到我们想要的人才，现在服务业、零售业、电子商务、商业管理都是稀缺人才，万达的员工还被挖角，于是我只能自己来加强培训。现在来看，效果超出我们的预期。我们把这几年的教科书出版到社会上去，让大家少走弯路。

问：万达从 2012 年开始，所有新建的商业都要做绿色建筑设计（以下简称绿建），超过万科成为全国第一。是什么促使万达执行绿建这个战略发展决策，另外您对国内房地产企业做绿建发展有什么样的建议？

答：为什么做绿建，是两个方面的原因。一个是社会责任，绿建投资成本高，这是很显然的，但第二，它的好处是今后能减少能耗。这个意识是我们领先的地方。现在全国绿建，从住建部 2009 年批文设立绿色建筑的设计标志和运行标志以来，获得设计标志的基本上 70% ~80% 都是我们的设计，获得运行标志的项目几乎都是我们的。有什么好处呢？可能今后会减少能耗，但是成本增加倒是马上可以看到的。我觉得中国现在要强制执行绿色建筑标准，因为现在污染实在是太严重了，这也是我们做的动力和原因。

（2014 年 4 月 12 日）

中国企业的全球化战略：反向整合资源

郭广昌

郭广昌，复星集团董事长。第十二届全国政协委员，第十一届全国工商联常委、全国青联常委，上海浙江商会名誉会长。

经常被问到什么是最好的投资，最近正好有些感受，觉得我们最应该投资的地方恰恰是自己的家庭、自己的健康。如果还有时间的话，还应该投资在读书上。我觉得最重要的还是去听别人怎么说，尤其是在跟其他人讨论的过程中去学一些东西。回想起来，过去二十多年在与中国企业界人士的交流中，其实我在不少的企业家身上学到了很多，我也借其中三次比较深入的讨论来分享一下我从中得到的一些启发。

专业化与多元化之争

第一次比较大的讨论就是与王石的所谓专业化与多元化之争。这个已经是过去式了，但从这个讨论当中大家各自都学到了一些东西。包括现今万达集团作为地产公司也开始投资银行等很多其他项目，以及阿里巴巴和腾讯也在做很多方面的投资。当然，"多元化"这个词不好，所以人家这叫"跨界"，或者叫"颠覆式创新"。

对我个人来说，这个讨论非常重要。它让我意识到，一个企业如果要做多个产业的运营，其实已经是在做投资了。而多个产业同时运营也不见得你一定是不专业的，其实你可以请这个行业最优秀的人来帮你运营，是能做得很专业的。当时我就挤兑了一下王石董事长，我说：到时候我去请一个"小王石"来打理我的地产业务。其实你最重要的决定是去分散资源。在开始从事多元化经营，做这样的投资时，复星就意识到我们已经成为一个投资集团，应该去学习怎样成为一个优秀的投资集团，这会是我们最本职的工作。所以从这个时候开始，我们学着去思考对一个投资集团来说什么才是最重要的。我们觉得资金的来源对投资集团最重要，你如何让资金使用变得更便宜。当然，人才的来源、对项目的敏感性等也是非常重要的。此外，你自己的精力分配也是非常重要的，作为一个投资人，自己的核心团队如果还整天处于某一个行业的运营中，这样你就会陷在里面，而把最重要的工作给忘了。

也有一种说法叫作同心多元化——你只有把一行做得特别优秀，然后再去做别的，才可能会更好。而我不这么认为，我觉得真正在某一行做得很强会带给你一些固有的观念和想法，这恰恰会阻碍你在其他行业的投资。所以我觉得多行业由同一个人来投资是可行的，但多行业由同一个人来运营可能是不可行的，你必须有特别的专业团队去运营，你一定要把它看成是一种投资。这是与王石争论之后我自己思考得出的结果。所以复星现在非常明确地提出我们就是一个投资集团。复星未来就是两个轮子：一个是要打造一个以保险产业为核心的金融集团；另一个就是具有深厚产业基础、植根于中国的全球投资集团。这是我们设定的目标，而一步步走过来与整个争论大有关系。我觉得中国企业界最让我佩服的一批人都是可以放下身段与大家一同讨论的人，而不是用权威去打压别人的人，学会去听才是最重要的。

顿悟与静悟之争

第二个争论是与马云，看上去与企业管理毫无关系，但对我影响却很大。

与马云一起做的一件不务正业的事就是练太极拳。我的太极老师是马云介绍的。后来才知道，原来马云把他认为最差的老师介绍给了我。我学得很认真，马云就说你太认真了，你的老师不怎么样。但是我是个比较专注的人，不服气，就与马云开始了争论，互相都认为对方学得不怎么样。两边的老师采用不同的练习方法，客观地说各有其道理。我练的叫易太极，讲究准确性，讲究每个动作要做到位，就像一开始练毛笔字一样，要一撇一捺地学，慢慢地通过准确性打通经络，经络畅通之后才会气血畅通，最后练出真气，这有一个过程。但是马云的师傅是非常正宗的门派传人，再加上马云天资聪明，所以他直接从高处落手，一开始就要讲究神气相通。于是我调侃他，说他往往不是用身体练，而是用思想在练。

这样一个争论让我想到了佛教界很有名的两个悟道路径：一个是顿悟，一个是静悟。也许上辈子做了很多修行的人，很有悟性、有慧根，哪怕没有读书，他也可以走顿悟的道路，突然有一天就明白了，于是就成佛了。另外一种天性比较愚钝，上辈子没有好好修行，像我这样，那我们的目标应该怎么设定呢？我每天静悟一点点，即便这辈子成不了佛，但延续下去，下辈子会有希望。练太极也是如此，两种方法没有谁对谁错，要看你自己的禀赋和天性怎么样。

回到做企业其实也是这样。有些人做企业可以走顿悟的道路，比如说马云、马化腾，找到一个商业模式，迅速就获得很大的成功。但是并非每个人都走得通这条路，也不是每个人都成得了乔布斯、比尔·盖茨，不是所有的人都能学这些人的模式。但是另外有个人大家都可以学，那就是我。为什么？因为复星在起步的时候就是一个三无企业，没资金，没技术，也没人才，那时候也没有那么多MBA。作为一个投资企业，我觉得巴菲特是可以学习的，其实他说的那些话，他做的那些事，并没有那么深奥，关键是你能不能坚持去做。就像锻炼身体，大家都知道对健康有好处，但是不见得我们能坚持。所以复星一直是一个静悟者，在碰到瓶颈的情况下，不断寻求突破，以前是这样，未来也是这样。

作为一个投资集团，资金来源很重要。在复星定位自己是一个投资集团后，1998年我们的第一个企业——复星医药成功上市，我以为资金问题解决了，一边与资本市场接轨，一边找好的投资机会，这两轮驱动也很完美——但却是看上去很完美。虽然在2004年之前我们的确也做得很好，但是带来两个问题。第一，中国资本市场的建设是不完善的，融资一次和上市一次花的力气是差不多的。第二，对一个投资型企业，中国的银行体系是不支持的，因为银行大多数都是短期投资。而且2004年以前或者相当长的一段时间内，中国的银行业几乎没有对并购投资的支持。复星一方面要立足于作为一个投资型企业，另一方面我们的金融系统却不支持，怎么办？尤其在2004年之后，我们痛定思痛，一定要把资金渠道打开，否则是成不了一流的投资集团的。

我们用三年时间实现了在香港的上市，这就是2007年复星国际在香港的上市。这使得复星具有了一个全球化的融资平台，为之后的全球化打下良好的基础。但即使在这种情况下，资金资源仍有差距。接着我们就思考复星之后到底要走什么模式，要在哪些方面去突破。得到的结论是在投资能力方面，一定要往全球化方向发展。那时候复星面临的竞争已经不仅仅是来自中国的企业，很多项目已经在与黑石集团竞争。黑石集团具有全球整合资源的能力，而复星没有，这令我们在竞争当中处于劣势。怎样把劣势转化成优势？复星提出一个战略叫"中国动力嫁接全球资源"。与国际投资公司相竞争，我们的优势在于我们懂得中国，我们能够助力所投资的项目在中国的发展。但硬币的反面正是我们的劣势，就是我们的全球能力、全球眼光、全球组织资源能力差。提出"中国动力嫁接全球资源"就是要用我们的优势去打击对手的劣势。也就是我说的中国企业的全球化战略——反向整合资源。我们开始以复星本身为核心，反向整合全球资源。我们要帮助投资的企业在中国增长，比如说我们投资的希腊 FF 集团（Folli Follie）、地中海俱乐部，我们努力帮助它们在中国的增长，而这些增长真正实现的时候，这些企业就是我们最好的广告。所以当国外的企业觉得需要一个中国投资者的时候，就会想到来找复星，而这样的情况多起来的时候，我们则可以优中选优。

那为什么反向整合全球资源那么重要？因为它对一个企业来说非常重要，其实对一个国家来说也非常重要。以前一直在说中国要用市场换技术，但是如果你没有掌控市场的主导权，技术也是换不来的。很多跨国企业在中国设厂之后，技术是不进来的，最终还是只要你的市场，却不给你技术。我们需要更多的中国企业代表国家去整合全球资源，变成在全球有竞争力的企业。在这些全球资源里，既可以是品牌的资源，也应该是技术的资源，还可以是网络的资源，等等。所以 2007 年之后，经过这么多年一步步走来，我们正是在打造以深耕中国为基础的全球化投资集团。

有了一定知名度后，我们选择用自有资金投资的同时也管理第三方资产。对接到全球化投资时，复星需要战略伙伴，需要更多的合作者，这时非常重要的一个合作伙伴就是美国保德信金融集团，与我们的合作是该集团所有对外托管业务中单笔金额最大的。投资公司的资金来源有各种模式，第一种是完全自有，第二种是完全来自第三方，第三种是混合两者。在所有这些模式里，我感觉基金的模式与复星的投资战略和投资风格是不匹配的。委托基金一般来说是 5～7 年。之所以愿意管理来自保德信的资金是因为它基本上可以匹配我们的投资战略，它给我们的时间期限够长，是十年再加两年的模式。然而，要在管理第三方资产上获得更大的发展显然是不可延续的。另外从有些自私的角度看，我觉得管别人的钱有悖论。首先就我的性格而言，管别人的钱和管自己的钱是一样看待的。但是管理别人的钱有一个非常懊恼的情况：你管得好，收益多数得分还给委托人；而你管得不好别人就不让你管，而且是在规定范围、规定时间做规定动作。所以我觉得最好的模式还是管自己的钱，自己的钱不够就管一部分第三方资产。但是复星的核心还是要学习巴菲特模式，打造复星的第二个轮子，也就是要以保险为核心的资金来源，建立综合金融。投资型公司作为一个实体，它的财富积累的速度和规模最佳的模式一定是巴菲特模式。这是因为，第一，他的资金成本是负利率的；第二，他的投资是长期的。难得的是他个人从事投资的时间长。因为不管你的投资回报率是多少，时间肯定是很重要的因素，十年与二十年的积累，还是三十年、四十年，肯定是不一样的。

学习巴菲特模式，复星下决心打造我们自己的保险公司，包括在香港成立了鼎睿再保险公司，我们投资永安财险，以及与美国保德信成立了复星保德信人寿保险，更重要的是我们完成了对葡萄牙最大的保险公司 CSS（Caixa Seguros）的收购，这个收购意味着复星现在 3 千亿元左右的资产里有 30%~40% 的资产来自保险。CSS 的净资产是 12.5 亿欧元左右，投资回报率正常，目前的利润是 1.2 亿欧元左右。但是，CSS 有 130 亿欧元资产可供管理，主要投资在现金产品和国债上，而在房地产投资、股票和战略投资上的比例非常低。我们用 10 亿欧元获得它 80% 的股份，如果我们能够对它的资产进行一部分提升就会带来很大的回报率。这比管理第三方资产对复星更有利，当然对 CSS 公司来说也更有利。这就是一个有效资源的嫁接，完全符合整个复星集团的发展战略。

所以对于企业而言，不管是顿悟还是静悟，不断去完善，不断去改进，这是非常重要的。

人工智能之争

第三次讨论是最近发生的，我觉得很有意思，与我的哲学专业有些靠近。一次华夏同学会，一位企业家与我突然聊起有关人工智能的问题。他讲了一个道理，大致就是在网络发展、计算机发展、科技发展、生物医药发展之后，未来的机器会比人聪明。而我的观点是机器早就比人聪明了，要看你怎么看。比如说计算能力，机器一定比人聪明，但是我认为机器永远不可能代替人，机器所有的智慧都是人给予的。人是有自由意志的，可以做出不一定完全出于自身利益的选择，人的选择永远充满了不确定性，而不是被确定的程序所设定，机器再聪明，它的选择也是唯一的。现在中国企业家开始关注这些问题，这个与管理其实也是有相关性的。

我最近看了一篇文章，是马化腾的内部演讲稿："打造一个可以进化的生物组织"。企业家开始关注现在的企业组织到底什么样才是更好的。企业组织是不是应该像计算机一样准确，没有混乱；还是应更像一个生物体，可能里面是有灰度的，也有混乱。就像人类这个生物体会产生癌细胞，只是人类有一个免疫系统能把它消灭掉，每天的细胞都在死亡和生长，人类能不断进化。凯文·凯利的《失控》一书中有个词叫"均衡之死"。我们的组织是不是越稳定越均衡越好？在高度完美、高度均衡之后，这个组织还能有活力吗？我们到底要打造一个什么样的组织？有些人说，我们要打造一个百年组织，确定一套东西一百年都管用，怎么可能呢？我更倾向于认为企业要有活力，哪怕有一些混乱都不怕，最怕的恰恰是看上去完美，其实已经将死，多少企业都死在最完美的时候。我觉得马化腾最了不起的一件事情，就是他允许了内部某种冲突的存在，微信不是他的主流团队开发出来的，是所谓的一些非主流、有冲突的小团体做出来的。马化腾自己说如果没有微信，那腾讯的处境真的会很危险，而因为有了微信，让别人处境危险。

复星也是这样。复星一路走来，每一个到复星来的人都会感觉乱，甚至可能过了一个月还不知道向谁汇报。例如我在招人时最后会问还有什么问题要问我，对方就问这块项目关键业绩指标应该怎么定，指标是多少？我会说我能提供给你的都告诉你，包括保证资金、平台和资源是怎样的，以及我的个人资源你都可以用，你希望我做什么，我就帮你做什么，但是指标能做到多少得你来告诉我，如果你不能告诉我，觉得没有一个很好的目标，那还做什么呢？再比如，一些团队负责人会向我反映，他们团队去谈的项目复星的另外一个团队也去谈过了，我会说那你们一起做很好。

总而言之，一个企业的活力必须保证一定的开放性。关于这方面的争论和思考可能才刚刚开始。

·对话·

问：复星投资的行业是很杂的，旅游业、消费业，还有要兼并500家医院。在接下来十年，您最看好的是哪个行业？

答：我最看好的就是健康行业，一个是投资别人的健康，一个是投资自己的健康，都很重要。复星的投资看上去很乱，但是我自己感觉是形乱而神不乱。我们有两条主线，第一是中国经济发展的不同阶段，第二是在这不同的阶段里面，中国人生活方式提升所带来的改变，我们的神就是这两个。历史上我们投资过重化工、钢铁，回报很高，就现在来说，钢铁仍有机会，但是已经不再是复星的主导投资方向。从现在开始，复星核心的投资就是围绕中国中产阶层新生活方式的提供者，例如地中海俱乐部。我们投资的医院虽然价格高，但是患者不用去托人情看病，不用排长队。看上去那么多投资其实就回到一点：中国消费升级，满足中国的中产阶层崛起之后的新要求，形散而神不散。

问：您是否对中国高科技行业的投资有一些想法？您对这个行业怎么看，未来会怎么发展？您认为中国什么时候能够赶上美国的发展速度？

答：我们学习巴菲特，并不是什么都照搬，更重要的是学习他的价值投资和长期投资。我觉得他不投资高科技是不对的，他错过了整个高科技的投资浪潮。对于高科技，我非常感兴趣，这里有巨大的空间。尤其在互联网时代，任何传统行业都面临着颠覆性的改变，你如果不懂技术，不懂最新的技术方向，肯定是不行的，所以复星会非常关注高科技投资。我们是有行动的，2013年我们引进了非常好的风险投资团队，在硅谷设立了自己的风险投资团队。投资高科技行业至少还有一个对我个人的好处，就是逼迫我去看很多新东西，逼迫我去与很多最年轻、最新锐、最匪夷所思的一群人去谈。因此，这方面我们会围绕互联网，围绕健康领域做一些投资。尤其在医疗和医药领域，我们在硅谷设立了三个研究中心，同时又跟中国三个研究中心对接，这样我们既能接触到最前沿最一流的高端医药，同时又可以把中国的成本优势嫁接进去。

我现在的确很崇尚美国。美国会犯错，但是美国有很强的纠正错误的能力和创新的能力。一个民族、一个国家要创新一定是会犯错的，如果不能包容失败，怎么可能创新呢？美国精神宽待失败者，尊重失败者，所以它有非常强的创新能力。中国的制造业压力很大，原来我们赖以生存的成本优势现在已经受到极大的挑战，所以我觉得一定要进行制度创新，去推动中国高科技的发展，同时一定要用开放的心态去反向整合全球最好的资源。

问：您掌管了一个全球化的投资集团，会不会觉得时间不够用，您的 24 小时大概是怎么分配的？

答：怎么样来分配时间是非常重要的。如何有效管理复星董事会核心成员的时间，是我们办公室部门很重要的课题。做这个投资、那个投资，最重要的是时间投资。比如说如果一个人很重要，但是没投入时间与这个人交流，那么这个人并不真的重要。同样的道理，如果觉得这个项目重要，除了花钱以外还要花时间。我一年里面到底花多少时间在招新人上，花多少时间在跟老员工沟通上，其实以前还有些口是心非，所花的时间是不够的，现在必须拿出足够的时间。人不管处在哪个层面，哪怕你管的只是一个小小的餐厅，时间也是不够的。什么事情重要就要花更多的时间在上面，但并不是表面看上去的大事就是重要的事，你得真的用心去体会，才知道什么事情必须去做。这个也很难，我也在修行，我不能明确给你一个答案，但我也在思考这个问题。

问：在中国走出去的战略过程中，除了欧美市场以外，亚非拉是一个很重要的市场，我在工作中发现我们在非洲的投资收益还是比较低的，原因包括文化冲突的问题、管理的问题，等等。在这个过程中您有什么样的建议？

答：在非洲，与复星业务相关的有两个部分：一部分是我们有一个产品是治疟疾的，每年非洲有大量人士患疟疾，我们的药便宜，很多慈善基金，包括中国政府用一亿元人民币基金购买这个药品送给非洲的各个医院。这方面我们也在考虑是否要再深入一点，到非洲去做一些事。另一个我们跟非洲相关的部分是我们葡萄牙的保险公司，本身在安哥拉也有保险业务，所以也想加大发展。此外，我们的矿业部门也将在非洲开展一些项目，对非洲也是重视的，希望能够带来一些机会。我们主要的投资在欧美，因为那里的法律更完善。而在非洲要加强的话，主要是时间投入太大，这样的投资组合不一定合算，关键是要有好的团队。

问：关于金融领域，一方面大环境可能有一定恶化，另一方面竞争也非常激烈，请问一下您对金融未来的看法。

答：整个金融业可以说面临一个大的转折点。余额宝和四大银行之争，双方都让了一步，大家理性地来处理这些问题。但是这些竞争和这种转变一定是刚刚开始，远远还没有结束，因此也存在大量的机会，复星也非常关注这些机会。

整个金融业大家看重两个方面。一方面就是负债端，你用什么样的成本拿到钱，因为金融是用别人的钱。另一方面是投资端，有了钱投资到什么项目去，投资回报率是多少。如果成本和回报这两者之间没有差额，那肯定是亏损的，这样的金融是持续不下去的。为什么余额宝这么可怕？因为它会极大地提高几大银行的资金成本。在具有很大利差的情况下，这样的模式可能会极大提高存款者的收入，但是对银行会有巨大的压力。不过总的来说这还是在负债端，余额宝没有做投资端。

复星要做什么？我们要在投资端做文章，如果投资端做得好了，再来配备负债端，投资能力很强之后，就敢去扩大负债。保险某种程度上也是一种负债。复星所要做的，无论办银行、办保险、办综合金融，肯定是与我们投资集团相匹配的一个负债模式，因此不会与其他金融组织的模式一样。

问：复星也有媒体板块，您如何看待媒体未来的发展？

答：现在传统媒体业如果不改造，不跟互联网相结合的话，基本上很难存活。但未来除了传播渠道，除了互联网之外，内容也很重要，看谁能够制造出有价值的内容。未来仍是内容为王，这也是相辅相成的关系。

问：复星倾向于什么样的人才？

答：我最看重的首先是一个人的悟性，是学习力，拿到一个问题知道怎么去学习，怎么去总结，去听别人说。其次，内心深处要有企业家精神，所谓企业家精神最根本的就是对结果负责。复星倡导每一个员工都有企业家精神。按照流程做了，做错了没关系；不照着流程做，也可以做成，也可能更好了，但是不按照流程做得要告诉我理由。

外资企业里面那种叛逆的人，和民营企业里面那种循规蹈矩在中欧学习过的人，这两种人都比较宝贵。但是最怕的是在外资企业里面已经被打造成形的人，进入复星就希望把复星改造成另一个 GE；也很怕在民营企业里如同脱缰野马一样的人。

（2014 年 4 月 26 日）

中国模式与文明型国家的制度安排

张维为

张维为，复旦大学特聘教授、复旦大学中国发展模式研究中心主任、上海社会科学院中国学研究所所长。曾任牛津大学访问学者、日内瓦外交与国际关系学院教授、日内瓦大学亚洲研究中心高级研究员和国内多所大学的兼职教授。

今天的题目和大家学的专业相去甚远，大家学的是工商管理、金融，这里探讨的是政治和哲学、政治和文化的问题。但中国人讲"功夫在诗外"，一个诗人要真正写好诗，就要拓宽自己的思路，所以我把自己的心得体会跟大家做一些交流。

与福山的辩论

先从我与福山的辩论说起。他是一位知名的美籍日裔学者，写了一本《历史的终结》，讲的是世界历史发展到西方民主模式和市场经济模式就终结了，当时正好赶上苏联解体，东欧剧变，他一下子声名鹊起。但是没有想到中国后来崛起得那么快，这个事实使他开始反思自己的观点，几乎每年都来中国进行一些研究。坦率地说，"历史终结论"在世界范围内早已过气，但在国内还有很多学者认同他的历史终结论，令人匪夷所思。2011 年春秋研究院和《文汇报》组织了一场福山和我的对话，当时对话的题目是"新兴经济体的崛起和世界秩序的改变"。但后来福山先生对大家说，他今天要讲中国模式，我们当时都没有想到他也要谈中国模式。我对《文汇报》老总说，给他一点中国震撼吧！我们之间进行了一场辩论。

我简单谈谈与他辩论时我讲的几个主要观点：第一，不是历史终结论，而是历史终结论的终结；第二，美国的政治体制改革任务恐怕不亚于中国，美国的政治制度是前工业时期的产物，需要大量改革，否则美国也将衰落；第三，当时正好赶上埃及之春，他说中国也要面临这样的问题，我说不会。我对他说，不仅中国不会发生埃及之春，而且埃及之春、阿拉伯之春不久将变成埃及之冬、阿拉伯之冬。现在看来，我的预测是准确、站得住脚的。

　　我想从另外的角度来谈谈中国翻天覆地的变化。第一，是民间关于结婚三大件的说法。20 世纪 70 年代是手表、自行车、缝纫机；20 世纪 80 年代是冰箱、彩电、洗衣机；20 世纪 90 年代是空调、电脑、手机；21 世纪是房子、车子、票子。这是不得了的变化。坦率来讲，我不喜欢这种过度物质主义的追求。英文里叫 old money（老贵族的钱）和 new money（暴发户的钱），中国 new money 多，带来太多的炫耀和太物质主义的生活，导致很多社会问题。但我们也要看到，我们这个民族过去上千年领先于西方，200 多年前一下子落到谷底，现在又重新崛起，物质主义一时抬头，恐怕在所难免。中华民族是有文化底蕴的，我们要有这样的自信，随着时间的推移，我们的文化水平还将回升。

　　第二，财富创造十年一个周期。回顾 30 多年的改革开放，从财富的增加点来看，大致十年是一个周期。20 世纪 80 年代的乡镇企业，成功率基本上在 70% 以上；20 世纪 90 年代的外贸，随着中国加入 WTO，成功率大概也在 70%；到了 21 世纪，中国进入了第一波城市化，凡是买房子的，几乎都是赢家。好像有一种规律，过去三十多年中，总有一个领域，傻瓜进去都会发财，人类历史上从来没有见过这样规模的财富增长。另外，中国任何一个耐用消费品，冰箱、彩电也好，电脑、汽车也好，大概十多年就在城市基本普及了。当然这背后有中国文化因素的原因，特别是攀比心理，太物质主义了，但这些都是过渡时期的问题。中国人富裕起来了，这是好事情，要加以肯定，随着中国的发展，其他方面也会逐步走向平衡。

还有中位家庭净资产的变化。2010 年，美国中位家庭净资产是 77300 美元，按照昨天的汇率约等于 47.5 万元人民币；法国多一点，是 11.5 万欧元，大概是 97.7 万元人民币；欧元区中位水平是 10.9 万欧元，折合人民币 92.6 万元。那么中国已经有多少人的财富超过 50% 的欧洲人和美国人了呢？大家可以结合自己了解的情况进行比较。上海出租车司机大都认为自己是弱势群体，但是他们多数人的资产早就超过 50%、60% 的欧洲人和美国人了。

中国模式

中国发展到今天这个地步，应该是我们最自信的时候，但是种种原因，特别是十八大之前，网上一片骂声，把中国模式说成世界上最失败的模式，是国将不国的模式，我就写了《中国震撼》。我说中国的模式所取得的成绩，甚至除以二、除以四、除以六之后，都可以和任何采用西方模式的非西方国家比，可以叫板任何发达国家。中国成功的背后是中国形成了自己独特的发展模式。这个模式，虽有不足，但已经带来了中国的崛起，而且前途无量。

那么，什么是中国模式？中国模式开始有一点争议，但关键看怎么界定。我认为中国模式有狭义的层面和广义的层面。狭义的层面讲的是中国人的一整套做法、一整套经验；广义的层面包括今天要讲的制度安排和背后的意识形态。

官方还有一个词叫中国道路。我们知道，中国道路指的是中国特色的社会主义道路。中国模式和中国道路有什么区别？我的理解是，在狭义层面上两者有所区别，中国模式更多是讲一整套的做法，而中国道路则突出了意识形态的因素，是社会主义还是资本主义；而在广义上，这两个概念是相通的，意思大致相同，唯一不同的是中国模式在国际上交流比较方便，一讲人家就懂，但说中国道路，很多人搞不清楚，还以为是指上海的南京路、北京路。

关于中国模式有几种误解。第一种是说中国模式是美国学者雷默 2004 年谈"北京共识"时首次提出来，其实这是不对的。邓小平就多次说过中国模式，他指的就是中国自己的一整套做法。第二个误解是将模式等同于样板，要别人照搬。模式这个词确实有样板的意思，但是还有另外一层意思，就是一系列行为和经验的归纳和总结。我们在改革开放当中，多次用过这个词，深圳模式、浦东模式、张江模式，相信也会有中欧模式，只是经验的总结，没有强加于人的意思。第三种误解是中国模式还没有完全定型，所以讲中国模式还为时过早。一个模式一旦成型了，恐怕就开始出现问题。福山的历史终结论就是讲西方制度的定型。英国特使 1793 年拜见乾隆皇帝的时候，希望双方能够进行贸易，而乾隆说，我们代表了世界最好的制度，不需要和你进行贸易，也不需要向你学习、借鉴什么东西，这就是当时中国的历史终结论。

回头证明这是一个转折点，我们开始走下坡路了。西方现在也是如此，以为自己代表了人类最好的制度，其实早已问题成堆、积重难返，越来越多的人也开始反思。

现在有两种人不赞成中国模式。一种是不赞成模式的提法，认为应该用"中国道路"，我刚才讲了两个概念的异同，对于这些人，我觉得没什么问题。另一种是不赞成中国模式所包含的内容。在他们看来，中国哪里有资格谈论什么中国模式，世界上只有普世价值的西方模式，怎么会有中国模式？我反对这种看法。学者潘维曾经调侃过这种人，他说："批评中国模式主要有三个观点。第一，中国还不完善，还有很多缺点。然而现实世界怎么可能会没有缺点，怎么可能有完美的国家呢？当然有，美国完美无缺，美国经验完美无缺，所以可以有美国模式，不能有中国模式。第二，中国还处于变化当中，而现实世界怎么可能不变化呢？哪一个国家几十年没有变了？美国200年都没有变？为什么可以有美国模式，不能有中国模式？第三，中国太特殊，中国经验不能扩散，而且扩散有害。但是，哪一个国家的经验不特殊？为什么美国经验可以扩散，其他国家就可以照搬？"前几天在凤凰卫视做"世纪大讲堂"节目，他们问我台湾地区的民主情况怎么样？我说从希望到失望。他们问下一步呢？我说从失望到更大的失望，但不至于到绝望。为什么不至于绝望？因为有中国模式，中国模式创造大量的机遇，现在台湾地区人口比上海还少，而此时此刻最保守估计也有150万名台湾同胞在中国大陆生活、学习、工作，中国模式为台湾同胞创造了大量的机遇。另外，中国模式产生的领导人总体上比台湾地区的领导人要成熟。举个例子，2008 年奥运会，台湾地区的马英九也跟着西方喊抵制奥运会，但成熟的中国大陆领导人没有太在乎，事实上对马英九还表示了某种支持，因为他至少认同"九二共识"。现在台湾没有台独的本钱了，台湾已经成为对中国大陆经济依赖度最高的经济体之一，另外两个是香港和澳门。所以说台独根本不可能，如果要独立的话，台湾的楼市、股市都会全面崩盘，经济也会全面崩盘。

根据美国《外交政策》杂志网站报道，世界银行行长佐利克在与习近平总书记谈论中国今后改革的这个话题时，总书记向他推荐了我写的《中国震撼》一书，要他能够全面地、立体地了解中国。在书中，我对"中国模式"做了一些分析，主要是八个特点。

第一，实践理性。我可以简单解释一下，因为它是中国模式的哲学基础。学哲学的都知道，哲学中有"存在论"和"规范论"。"存在论"就是 to be，是什么，比如说市场经济是什么？普世价值是什么？民主是什么？"规范论"就是 ought to be，应该是什么，市场经济应该是怎么样的？普世价值应该是怎么样的？民主应该是怎么样的？而中国人还有"实践论"，to do is to be。中国人的这种哲学观很突出，平时我们说"干起来再说"，就是这个意思。我们讲实践是检验真理的唯一标准，讲实事求是和实践理性，也是这个意思。回头来看，由于实事求是，由于实践理性，我们总体上避免了民主原教旨主义和市场原教旨主义可能带来的祸害。颜色革命为什么失败？阿拉伯之春为什么变成阿拉伯之冬？因为一个社会是由经济、政治、文化等多个层面组成的，以民主原教旨主义为旗帜的变革最多只能是改变政治层面中非常少的部分，其他层面的东西改变不了。市场经济也是如此，只能改变经济层面的部分东西，其他层面也改变不了，所以民主原教旨主义和市场原教旨主义是行不通的。

第二，强势政府。中国政府是相对比较强势，也比较中性，力求尽可能地代表比较多的人民，尽可能地代表比较多的阶层，共同推动中国的现代化事业。在西方势力虎视眈眈的国际大环境下，没有一个比较强势而又比较中性的中央政府，那中国的现代化只能是纸上谈兵。在中国的体制下进行改革，即使要削弱政府的权力，也要靠比较强势的中央来推动，十八届三中全会的决定就是一个例子，我们改革开放过程中的简政放权，也是中央推动的。

我顺便要强调一下，政府强势和中性的特点中，中性是特别重要的。如果说和美国相比，有什么最大的差别？在中国，最富的100人不可能左右中共中央政治局，我们的中央代表中国绝大多数人。但是在美国，坦率来说，最富的50人甚至更少，就可以左右白宫。特别是现在公司的竞选捐款和个人竞选捐款都没有上限了。美国是三权分立，但最大的问题在于这三种权力都只限于政治领域内，而政治领域之外还有社会领域、资本领域。美国资本的力量太大了，基本可以左右美国的社会力量和政治力量。

第三，稳定优先。这点大家千万不要低估。过去邓小平讲，稳定压倒一切，这是对的。我计算了一下，从 1840—1978 年，140 年间，中国持续稳定的时间最长不到 9 年就被打乱，要么是农民起义，要么是外国入侵，要么是自己内部的动荡，包括后来"文化大革命"这样意识形态的运动。过去 36 年，中国是第一次在自己的近代史上实现了长达 36 年的持续稳定，我们就创造了震惊世界的奇迹，再给中国 36 年，不用 36 年，再给 10～20 年，中国一定会成为世界上最大的经济体，并创造更多的奇迹。

第四，民生为大。这也很重要，中国历史的经验也是如此，要把改善民生放在第一位。"君轻民重"也是这个道理，必须注重民生问题，否则水可载舟亦可覆舟，如果民生迟迟改善不了，碰到大灾大难，处理不了，就要失去天命，这是 2200 多年前孟子就提出来的，比卢梭的"契约论"早 2000 年。

第五，渐进改革。这主要是针对苏联、东欧的做法，苏联、东欧的做法叫休克疗法，而中国采取的是渐进的方法，无疑中国的效果好得多。

第六，顺序差异。现在回头看我们国家的改革开放，大致形成了一种顺序差异的格局：先农村改革，后城市改革；先沿海地区发展，后内地发展；先经济改革为主，后社会改革。

第七，混合经济。这一点我下面分析制度安排时再展开。

第八，对外开放。中国历史上最开放的是唐朝，那也是中国历史上最强盛的时代。中国人聪明好学，从善如流。只要开放，就会学习别人的长处，弥补自己的短处。如果当初郑和下西洋后我们没有闭关锁国，那就不会错过工业革命，也就不会出现过去200年的落差了。

我觉得随着中国的崛起，除了要用外国的标准来看世界、看中国，还要学会用中国的标准看外国、看世界。比如说对于政治制度质量的评估，西方推动民主原教旨主义，认为只要是多党制、一人一票就是好制度，否则就是坏制度。而邓小平提出的判断政治制度质量的标准，包括政局是否稳定，人民是否更加团结，人民生活是否改善，生产力是否持续发展。如果说以这些标准给台湾地区的政治制度打分的话，就是C－的水平，因为台湾政局不稳定，人民不团结，多数人的生活没有得到改善，生产力没有得到持续发展。乌克兰颜色革命、阿拉伯之春后，都是这样的情况。我觉得邓小平提出的这个中国标准更靠谱，更站得住脚。

中国文明

文明型国家如何界定也不难。古代文明包括古埃及、古印度、两河流域文明，但是这些文明都没有持续到今天。我曾经问过英国人，他们大学毕业生有多少人读得懂莎士比亚，答案是绝大部分读不懂。而中国2500年前的《论语》，一个学习好的高中生就可以看懂。中国的历史和文化以及后面的整个思想连续性都没有中断。一个超大型的现代国家和一个延续不断的古老文明重叠在一起，就是文明型国家，就是我们中国。我总结有四个方面的"超"，就是超大型人口规模、超广阔疆域国土、超悠久历史传统、超丰富文化积淀。

一是超大型的人口规模。世界上大部分的国家都是中小国家，欧洲一个国家的平均人口约 1400 万，中国大约等于 100 个欧洲国家的人口。2014 年中国春运的一个月左右时间内，人口流动达 36 亿人次，这大概等于北美洲、南美洲、欧洲、俄罗斯、日本、非洲的人口加在一起。一个月里从一个地方挪到另一个地方，这种超大型人口规模带来的挑战，人类历史上没有一个国家面临过，这是一个巨大的挑战。人口规模不一样，治理方法一定也不一样。当然，人口多也是伟大的机遇，"海阔凭鱼跃，天高任鸟飞"，什么奇迹都可以创造出来。

二是超广阔的疆域国土。在中华人民共和国，飞机飞三四个小时还在国境内。我们最近有一个指标叫出境旅游的人数，去年是 9800 万人次。我说这个指标不靠谱，因为在欧洲，你从上海到南京的距离，在无锡停一下，常州停一下，相当于在欧洲走了三四个国家。如果按照欧洲标准来算出境人次，所有在中国坐高铁和飞机的，都具有出境游能力，这个人数何止是一亿，恐怕七八亿，甚至更多了。广阔的国土给我们带来巨大的战略纵深，也使我们在自己国土范围内能够进行产业的横向转移。现在内地正在复制当年沿海的发展奇迹。

三是超悠久的历史传统。传统是个中性词，形成之后要改变很难。中国政府干预经济最保守可以追溯到汉朝，追溯到《盐铁论》。而欧洲最早跑到美国去的都是反政府的人，希望政府越小越好。美国建国时才200多万人，1848年打败了墨西哥，吞并了加利福尼亚，那个时候美国人口也只有2000多万，而当时中国人口近4亿，是美国的20倍。所以人均资源多的美国讲权利和自由，人均资源少的中国就讲孔融让梨，国一日不可无君。中国是一个超大型国家，人均资源少，在中国没有一个比较强势的政府，就要大乱。当然人多也创造了自己有滋有味的活法，中国人讲人气，没有人气，再好的房子都卖不掉。舌尖上的中国，餐饮之丰富世界上无其他国家可比，背后也是因为人均资源少带来的无数饮食创新。

四是超丰富的文化积淀。我经常用八大菜系来说明这个问题。欧洲最好的是法国菜系，然后是意大利菜系。但是中国八大菜系中任何一个菜系拿出来，都比法国、意大利菜系丰富得多，因为文明型国家就是"百国之和"的国家——就是成百上千个国家慢慢整合起来的，八大菜系也是成百上千国家的菜系慢慢整合起来的。过去中国人穷，大家感受不到，现在富裕起来了，就会越来越感受到中国丰富多彩的文化带来的精彩。

中国制度

关于文明型国家的制度安排，我的总结是一国四方。一国就是一个文明型国家，四方就是四个方面的制度性安排。第一，政党制度，中国的特点是国家型政党；第二，民主制度，中国的特点是协商民主；第三，组织制度，中国的特点是选贤任能；第四，经济制度，中国的特点是混合经济。我们不能再回避政治制度问题了，应该建立自己的制度自信。我们的制度有不少问题，但就现在这个水平也可以和对手竞争，我们的制度经得起国际比较。

首先是政党制度。这是西方批评我们最多的地方，100多个国家都是多党制，就你中国是一个政党。但是这些国家大都没有中国成功。更重要的是，中国的政党和西方的政党是完全不同的概念。西方政党理论，就是一个社会由不同利益集团组成，不同利益集团都要有自己的代表，这是多党制的起源，然后通过竞选，选票多的胜出，最后通过票决制来整合。为什么采用西方这种制度的非西方国家失败情况非常多，就是因为非西方国家一旦采用西方制度，分了之后就再难整合起来。泰国是城乡分裂，农村人多数支持他信、英拉，城市里的人多数反对他信、英拉。韩国也是"道籍"分裂，一个地方的人只选自己地方的人。中国要是采用这种制度的话，也会是这样的，最后弄得四分五裂。从汉朝开始，中国的政治传统就是由统一的儒家执政集团执政。统一的儒家执政集团是中国的政治传统，如果一定要套用西方政党概念的话，在过去两千多年中，最保守的估计，可以说90%的时间里都是一党制。而这当中，至少有3/4的时间，中国远远领先于欧洲。一个超大型国家，一个"百国之和"国家的治理，就是要有统一的执政集团。当然，后来我们闭关锁国产生很多问题，现在通过改革开放又迅速崛起。如果你 15 年前从上海移民美国的话，对不起，你今天回来可能已经属于穷人了。这是历史大潮，一个是曾经辉煌的超级大国，今天正在全面走下坡路，一个是超大型大国，却以人类历史上前所未闻的速度和规模快速崛起。

我们的国家型政党也包含了红色基因，它是社会主义政党传承的延续和发展。戈尔巴乔夫认为苏联共产党要改革，改不下去，垮掉算了。据说，邓小平曾经私下评价过戈尔巴乔夫。邓小平说，这个人看上去很聪明，实际上很蠢。我跟不少俄罗斯人讲这个评价，他们说完全正确。今天在俄罗斯，他的支持率低于 3%。但是在西方，至今他都非常受欢迎。苏联和俄罗斯人经历了戈尔巴乔夫和叶利钦两个弱势政府，最后导致国家解体，经济崩溃，人均寿命降到 50 多岁，我们就可以理解为什么强势的普京在俄罗斯如此受到欢迎。同时，今天的中国国家型政党也包含了西方元素，它是一个现代化导向的政府，某种程度上是世界上最具现代化意识的政党。

其次是协商民主。西方坚持只有它们的民主才叫民主，其他的民主都不算民主。但中国民主的形式是协商民主。我个人不太看好一人一票。尽管中国在村一级进行一人一票的选举已有 20 多年，但我做过一些调查，1/3 的结果马马虎虎过得去，1/3 的结果非常的糟糕，家族、黑社会、金钱政治都出来了，还有 1/3 也不容乐观。那么与英国、美国比，是不是一人一票不是我们的比较优势？一个最大的问题还是人口的规模，在任何一个国家，如果90%的人同意，10%的人不同意，那太好了，因为10%是绝对少数，但是10%在中国是1.3亿人，这些人的诉求可以不理睬吗？所以还是要通过协商。另外，中国民主还有一个特点，就是广泛性。西方民主是严格界定在四年或者是五年一次的投票选举总统，除了选举之外，其他领域基本没有民主。企业里、学校里、公司里、基金会里，没有什么民主，老板说了算。但在中国，比如说，我们复旦大学进行过中层后备干部的选拔，每个人发一张单子，把所有70后的副研究员都列上，然后让大家海选一下谁比较合适。这在西方是没有的。当然我不是说中国制度一定好。中国的民主集中制是学苏联的，但苏联的民主集中制后来变成了只有集中，没有民主，而中国现在已经形成了新型的民主集中制，从群众中来到群众中去，这不是空泛的民主。中国的决策过程当中，都是尽可能的民主，尽可能倾听专家的意见、方方面面的意见，一个五年计划的互动过程长达一年多，成千上万次的磋商，最后形成的东西有一定的权威性，而不是像美国那样，小圈子里作出决定，然后通过公关公司出售给公众，英文叫 sell to the public。中国决策形成的合法性总体上更强，具体落实时还要强调因地制宜，因为一个超大型国家情况太复杂。中国的民主制度也融入了选举和民调等西方元素，所以我们的民主制度包含了历史基因、红色基因和西方元素。定期地制定规划意味着不时地创造新的预期，预期又创造新的需求。比如说高铁规划到哪里，地铁建到哪里，实际上是创造一种预期和需求，这也是中国经济得以持续发展的一个重要原因。

我们组织制度的特点是选贤任能。十八大召开的时候，《纽约时报》的编辑给我发来了一封邮件，说能不能写篇评论十八大的文章，我就写了一篇名叫《选贤任能挑战西方民主》的文章。我讲了一个很简单的观点，中共最高执政团队，就是中共中央政治局常委，至少是两任省部级的负责人，大都担任过两任省委书记，甚至三任，中国一个省是欧洲三到五个国家，要治理好这么大范围内的地方，才可以拿到政治局常委的入场券。习近平在三个省里当过一把手，这三个省的经济规模是印度的规模，人口是 1.2 亿，然后又有 5 年时间担任政治局常委，熟悉全国的情况，最后再担任最高领导人。这应该是世界上最具竞争力的政治制度。这个制度安排包含了传统基因，如科举制的传统，包括了红色基因，毛主席说过"政治路线决定之后，干部就是决定因素"，包含了西方因素，如选举、公示等。我在给《纽约时报》的文章中还提到了"上上策和下下策"，因为英国政治家丘吉尔有过一个说法，他说人类试了很多制度，民主制度相对而言是最不坏的制度。他讲最不坏的制度，用中国人的说法，就是下下策。现在我们的制度设计也包括了下下策。和福山辩论的时候，他说中国没有解决坏皇帝的问题，我说中国这些年，通过政治体制改革，已经从制度上解决了坏皇帝的问题。所谓的下下策就是保底，就像美国总统最多可以担任两任八年，中国最高领导人也是两任十年。而这当中还有年龄的退休制度，到一定年龄必须退，这个西方还没有。这在某种程度上就是保底的安排。但除了下下策，我们还有上上策，就是尽一切可能，来寻找尽可能德才兼备的领导人。我前面讲了中央政治局常委的标准，两任省部级的履历要求就是这种努力的一部分。所以，我们现在的制度安排是上上策与下下策结合，超越了西方模式。

福山最近出了一本新书，叫《政治秩序的起源》，他说到在公元前3世纪，中国已经存在了一种非常稳定的所谓现代性制度，而欧洲国家，比如说法国、俄国，它们一直到18世纪才实现。在这个意义上，中国要比欧洲先进1000多年。他讲的这种制度就是通过考试选贤任能的制度，是一种比较中性的政府制度。

混合经济是中国经济制度的主要安排。中国的经济制度最大的特点是社会主义市场经济，这是一种混合经济。我曾有幸给邓小平做过翻译，我注意到他多次讲过"什么是社会主义我们还没有搞清楚"。但是邓小平有两条底线，无论怎么改革，他都不让步的，一是党的领导，二是公有制占主体。就是说，无论公有制形式如何改革，在整个国家范围内，公有制的影响力要足够的大。他为什么坚持这两条，现在看来很有道理。中国无论发生什么问题，有了这两条，迟早都可以纠正。如贫富差距和地区差距，只要有这两条，都可以逐步解决。最大限度发挥市场在资源分配中的决定性作用，同时也发挥政府的必要干预，以保证宏观稳定和社会公正。所谓混合经济也是中国传统中"民本经济"和现代经济的结合，看得见的手和看不见的手的结合，国有经济和民营经济的结合。虽然这种混合经济模式存有各种问题，但已经避免了金融危机、债务危机、大规模经济危机，创造了中国经济崛起的奇迹。

这里我讲讲两种逻辑。我去了八次台湾，讨论民主问题。台湾曾有学者问我，东亚国家大的趋势是从极权主义到威权主义，然后到民主化，中国大陆现在处于哪一个阶段？我说很对不起，你这个结论是历史终结论的逻辑，我研究得出的结论不是这样，中国不可能按照这个逻辑走。你说的威权主义，实际上是一种万金油主义，清朝政府叫威权主义，蒋介石也叫威权主义，毛泽东也叫威权主义，邓小平也叫威权主义，这个解释也太宽泛了，什么都可以往上套，这是懒汉的理论，研究中国要好好地考察中国，了解中国的历史和文明，要接地气。

中国是一个文明型国家，有文明型国家的逻辑。这个逻辑就是：中国在过去两千多年里至少3/4的时间领先于西方，这种领先有其深刻的原因，我称之为原因一。中国在18世纪错过了工业革命，开始落后，但现在又赶了上来，这种"赶超"也有深刻的原因，我称之为原因二。原因二和原因一之间有继承关系，这就是文明型国家的逻辑。这种逻辑意味着：中国现在的制度安排，融合了自己的历史基因、红色基因和外来的西方因素，这种安排是超越西方模式的。

一个小故事

　　最后我讲一个小故事。十八大召开前夕，我在英国参加一个学术会议。BBC 问我能不能参加一场关于人民力量的辩论。大家可能了解西方媒体的语言，人民力量就是颜色革命。我说好，一定来。然后我们进行了一场很坦率的辩论。女主持人很资深，但有点傲慢。她第一个问题就是："张教授，你觉得中共还会不会有十九大？"我说："我在欧洲待了 20 多年，长期阅读英国的《经济学人》，但发现你们对中国的政治预测几乎都是错的。坦率来说，我个人预测得大概都比这个杂志准。中国有四千年的朝代史，一个好的朝代寿命最少 250 年，比美国都长，它是有规律、有道理的，中国一个朝代变迁的代价是不得了的事情。一旦变了之后，人们不希望再急剧地变化，有问题就是不断地改进。中国是一个超大型国家，有 100 个欧洲国家的规模，很难想象中国每四年就换一个中央政府。中国是通过选贤任能的体制来确保中国体制的质量。"在场的一位研究波兰团结工会的美国学者说："我周边的学者都告诉我，中国要崩溃了，中国的政治体制肯定支撑不下去。"我说："西方的中国崩溃论已经有 20 多年了，一次又一次不停地推移时间，中国崩溃论实际上已经崩溃。我的预测是 10 年内，中国经济规模肯定将超过美国，中国将成为世界最大的经济体。"有人说，那也没什么，中国的人均 GDP 仍然只有美国的 1/4，但是我认为这个成就还是很了不起，它将改变世界政治和经济格局。另外，我进一步预测，中国中产阶层的人数——我用一个经济标准，叫一份相对稳定的工作加一套产权房，包括所有的房奴，因为西方房奴的比例比中国还高——到那个时候将是美国人口的两倍。你今天不承认中国的政治制度，不承认中国共产党的作用，不承认中国模式，我都不在乎。但是十年后，你还是不承认的话，就不能解释中国所取得的巨大成功，那时候中国也不在乎你是否承认。总之，中国前途非常乐观，大家一定可以大有作为！

（2014 年 5 月 11 日）

互联网时代下的金融创新

马蔚华

马蔚华，香港永隆银行董事长，原招商银行董事、行长。第十届全国人大代表，第十一届、第十二届全国政协委员。他同时也是壹基金理事长、中国企业家俱乐部执行主席、伦敦金融城的顾问委员会委员、纽约金融咨询委员会的顾问委员会委员、北京大学教授、清华大学教授等，曾荣获 CCTV 中国年度经济人物、英国《银行家》杂志 2005 年希望之星、袁宝华企业管理金奖、亚洲最佳 CEO、亚洲银行家等诸多奖项和荣誉。

谈起"创新",我首先想到的是《黑天鹅》一书揭示出的一个深刻道理,即不确定性已经成为当今时代的基本特征。面对不确定性环境,人类并不是无所作为,而是可以进行有效的管理,否则,就会被一只只"黑天鹅"所打倒。那么,如何对不确定性进行有效管理?管理大师德鲁克指出:"不确定性中包含确定性,未来既是不可预测的也是可预测的。不可预测的是未来的精确图景,可预测的则是未来发展的大趋势。"也就是说,面对不确定性的环境,企业要主动求变而不墨守成规,勇于创新而不消极对待;但企业的变革创新不是盲目的、无序的,必须符合时代发展的基本趋势,符合事物发展的内在规律,符合市场客户的本质需求。这就是不确定性背景下企业的生存发展之道。

对金融机构而言,所谓的创新就是金融创新。而说起金融创新,不能不谈到华尔街。华尔街长期以来是世人瞩目的焦点,人们对它抱有一种爱恨交加的复杂情绪。一方面,由于华尔街贪婪、逐利的本性,不断引发金融危机,对财富造成了破坏;另一方面,华尔街是撬动美国经济的杠杆,在美国不同的历史时期承担了不同的历史使命,从某种意义上讲,华尔街创造了现代美国。而华尔街创造财富的秘诀就在于不断创新。可以说,正是金融创新促成了华尔街金融财富的快速增值,并催生了花旗银行、摩根大通、高盛等金融巨擘。

在招行长期的经营实践中,我的一个深刻体会是,创新只有紧跟市场需求,特别是年青一代的需求,才能获得成功;而客户需求不是一成不变的，是随着社会、经济和技术的发展变化而变化的，社会、经济和技术的变化，往往引致客户需求的变化。因此，创新具有鲜明的时代烙印，需要与时俱进。就技术的发展变化而言，互联网技术的迅猛发展与广泛应用，必然带来客户需求的变化，作为银行金融机构，无疑需要主动适应这样的变化，及早采取创新应变的举措。

互联网金融的含义

对于金融业而言，互联网金融的产生和发展，正是互联网时代下最大的金融创新。什么是"互联网金融"？实际上到目前为止，尚无统一的定义。业界之所以对这个词的内涵与外延难以达成共识，根本原因是这个事物尚处于持续的进化与演变之中，传统金融机构与新生互联网力量正处于相互融合之中。在我看来，所谓互联网金融，是指基于互联网的金融活动。它不是一种脱离金融本质的全新金融范畴，而是互联网与金融交叉结合的产物。从广义上理解，互联网金融的范畴实质上包括三类：一是互联网企业开展金融业务，这是狭义上的互联网金融的概念；二是金融机构利用互联网技术来开展业务，这个很早就开始了，从金融系统的电子化建设到金融业务的电子化受理，再到今天电子化金融商业模式的建立，每一次信息技术的变革，都会带来金融业的变革；三是纯粹的互联网金融，如1995年正式开业、1998年被加拿大皇家银行收购的美国安全第一网络银行，以及完全以互联网为平台，在线上开展传统商业银行业务的美国互联网银行（BOFI）等。

互联网企业的金融服务创新

如今，互联网企业涉足金融业务已成为热潮，特别是对商业银行的业务进行了全面渗透。这一渗透历程主要按以下轨迹演进：首先借由蓬勃兴起的电子商务介入支付领域，在积累了大量的数据、资金和客户以后，逐步向融资领域、财富管理和综合金融服务领域渗透。互联网企业之所以能够介入长期以来银行占绝对垄断地位的支付领域，是市场需求和便捷支付综合作用的结果。一方面，以支付宝等为代表的虚拟账户，较好地解决了传统线上支付长期以来无法解决的"钱货当面两清"的问题，增强了网络交易的可信度；另一方面，借助虚拟账户，第三方支付平台进一步整合了各家商业银行的支付网关接口，成为众多商户和众多银行之间的桥梁，一定意义上形成了"网上的银联"。这种一站式的接入服务，既具备银行网银安全、稳定的特性，又使银行和商户都避免了一对一开设支付网关接口的高昂成本，以高效率、低成本、支持多种银行卡的优势，满足了一大批银行无暇顾及的小微企业和小型商户的支付管理需求。而互联网企业能够进军融资领域，则是信用数据化的必然结果。信用数据化的核心在于实物抵押演化为虚拟信用抵押，利用信息流、资金流和社交网络的非结构化大数据，破解融资过程中的信息不对称问题，完成信用评估和风险管理过程。互联网企业进军金融业务，主要包括以下几种业态。

（1）第三方支付。美国的网上支付是在发展成熟的线下信用卡和自助票据交换中心建设的基础上延伸到互联网的，它的前提是信用卡和银行支票已经成为美国用户支付线下交易最熟悉的工具。在国内，目前第三方支付整体业务发展日趋规范。电商企业、传统行业集团、互联网巨头、电商运营商、独立第三方支付企业等纷纷完成行业布局。按照业务划分，国内第三方支付平台可以分为以下四种类型：一是平台依托型。此类第三方支付平台拥有成熟的电商平台和庞大的用户基础，通过与各大银行、通信服务商等合作，搭建"网上线下"全覆盖的支付渠道，在牢牢把握支付终端的基础上，经过整合、包装商业银行的产品和服务，从中赚取手续费和息差，并进一步推广其他增值金融服务。二是行业应用型。此类第三方支付平台面向企业用户，通过深度行业挖掘，为供应链上下游提供包括金融服务、营销推广、行业解决方案等一揽子服务，获取服务费、信贷滞纳金等收入。三是银行卡收单型。此类第三方支付平台在发展初期通过电子账单处理平台和银联 POS 终端为线上商户提供账单号收款等服务，获得支付牌照后转为银行卡收单赢利模式。四是预付卡型。此类第三方支付平台通过发行面向企业或者个人的预付卡，向购买人收取手续费，与银行产品形成替代，挤占银行用户资源，如资和信、商服通、百联集团等。

（2）移动支付。近年来，随着互联网企业向移动互联网业务模式的不断推进，移动应用商店的快速普及，NFC 近场支付等技术的广泛应用，以及消费者对安全便捷移动支付的需求增加，移动支付正在全球范围内迅速增长。一家国外咨询公司的研究报告显示，伴随着实体商品销售的远程采购和 NFC 交易带动，全球移动支付交易规模将在未来 5 年增长近 4 倍，支付金额将超过 1.3 万亿美元。目前国际移动支付的市场格局依然未定。美国贝宝 2013 年移动支付的交易额达到 270 亿美元，已经取得了先机。但谷歌、苹果、脸谱、移动支付公司、银行、运营商等都来抢食，使得贝宝难以安然度日。中国移动支付市场上主要有三类参与主体，分别为通信运营商、第三方支付企业，以及银联与银行金融机构。商业模式上也出现三类主体各自主导及合作的多种模式。商业银行目前主要通过和运营商及生产商合作推出支付产品来占领市场，而第三方支付通过开发诸如二维码（腾讯的微信）、声波当面付（阿里巴巴的支付宝移动端）、近端 NFC 等新渠道培养客户新的支付习惯。2012 年移动支付标准确定为中国银联主推的 13.56 兆赫后，移动支付产业发展的不确定性大大减小，进入发展的快车道。

（3）网络借贷。这是指资金借入者和借出者利用网络平台实现借贷的"在线交易"。网络借贷的认证、记账、清算和交割等流程均通过网络完成，借贷双方足不出户即可实现借贷目的，而且一般额度都不高，无抵押，纯属信用借贷。在国外，网络借贷有以下几种模式：一是以美国普罗斯珀（Prosper）为代表的单纯平台中介模式；二是以英国悠帕（Zopa）为代表的复合型中介模式；三是以美国贷款俱乐部（Lending Club）为代表的借贷与社交平台结合模式。我国的网络借贷大体可分为两大阵营。一是基于电子商务的网贷平台。除了"阿里小贷"以外，"京东商城"的做法也很有代表性。针对供应商，京东开发设计了供应链金融和"京保贝"两种模式；针对个人消费者，京东推出了"京东白条"，实质类似于银行信用卡消费。二是P2P网络贷款平台。P2P信贷是一种个人对个人，不以传统金融机构作为媒介的借贷模式，具体形式有很多，较为主流的是以"拍拍贷"为代表的无担保模式和以"人人贷"为代表的有担保模式。需要警惕的是，P2P在发展过程中由于操作不合规、借款人恶意欺诈、平台风控手段不完善等原因，埋下了不小的风险隐患，特别是不少公司已触及非法集资和非法吸收公众存款两大"红线"，还有不少公司采取违规的资金池模式导致流动性困难而倒闭。鉴于此，中国人民银行等管理部门已多次警示P2P领域金融风险，并将其作为互联网金融的重点调研和监督对象。

（4）众筹融资。这是指通过互联网为投资项目募集股本金，最早起源于美国大众筹资网站凯士达（Kickstarter），该网站将资金供给者由传统的风险投资者扩展到所有大众个体，从而最大限度地拓宽了资金来源。除凯士达外，全球范围内还有很多成功的众筹融资平台。如2011年创办于英国的全球第一家股权融资网站

"群集"（Crowdcube）。当前，众筹融资正成为越来越多的小企业获取资金的首选方式。2012 年 4 月，美国正式颁布《创业企业融资法案》，为小企业通过众筹方式进行融资奠定了法律基础，未来众筹融资势必将在一定程度上替代传统的投资业务，并掀起一场改变传统投融资模式的巨大变革。我国目前也出现了众筹融资平台，如"点名时间""有利网""追梦网""淘梦网""乐童音乐""众筹网"等。众筹融资的项目选择极为广泛，音乐、游戏、初创企业、应用程序、时尚设计、创意产品等，都在众筹融资的涉猎范围之内。不夸张地说，众筹融资可能会掀起一场去精英化的大众融资革命。与此同时，也要看到，众筹融资在短时间内还难以做大做强。这不仅是因为国内对公开募资的限制性规定及"非法集资"的红线限制了众筹性股权的发展，也因为众筹融资项目优劣评判困难、回报率不确定性强。

（5）互联网理财与保险。这里所说的互联网理财和保险有别于借助互联网渠道销售的传统理财和保险，而是既有的金融产品与互联网特点相结合而形成的投资理财产品或保险产品，以"余额宝"和"众安在线"为代表。"余额宝"的创新在于将"交易"和"增值"有机结合，实现了"碎片资金"的理财化。通过这种创新，投资者能将第三方支付工具余额、股票账户余额这类"碎片资金"全线激活，实现了高、中、低端客户理财的无差异化，受到了年轻人的青睐。"众安在线"是国内乃至全球第一家获得网络保险牌照的保险公司，主要通过互联网进行保险销售和理赔，目标客户群是互联网经济的参与方。目前专攻责任险和保证险，并且已在研发虚拟货币盗失险、网络支付安全保障责任险、阿里巴巴小额贷款保证保险等保险产品，这些产品具有明显的互联网特征，能够较好地契合互联网用户的保险需求。

（6）互联网金融门户。这是指利用互联网进行金融产品的销售以及为金融产品销售提供第三方服务的平台。它的核心是"搜索＋比价"的模式，采用金融产品垂直比价的方式，将各家金融机构或互联网金融企业的产品放在平台上，用户通过对比挑选合适的金融产品。目前针对信贷、理财、保险、P2P 等细分行业分布，互联网金融门户领域已有"融 360""91 金融超市""好贷网""银率网""格上理财""大童网""网贷之家"等众多公司。互联网金融门户既不负责金融产品的实际销售，也不承担任何风险，无论是资金流动还是交易签约均不通过门户本身完成。互联网金融门户最大的价值就在于其渠道价值和信息价值。

（7）互联网货币。互联网金融时代将会出现一种新的货币形态，即互联网货币。在传统银行体系下，银行体系是货币的唯一发行与创造者，货币形式也很单一，除了现金，几乎都在银行体系循环。而在互联网金融时代，电子商务则不断创新货币的形式，很多信誉良好、有支付功能的网络社区可以发行自己的货币，称为"互联网货币"。互联网货币将广泛用于网络经济活动，人类社会将重新回到中央银行法定货币与私人货币并存的状态。目前已经出现了互联网货币的雏形，即虚拟货币，如腾讯 Q 币、亚马逊币、脸谱币等，其中最著名的比特币目前的流通数量已达 1100 万，总值达到 20 多亿美元。在网络游戏、社交网络和网络虚拟世界等网络社区中，这些虚拟货币被用于与应用程序、虚拟商品和服务有关的交易，已经发展出非常复杂的市场机制。

上述互联网金融新业态得以蓬勃发展、快速壮大，是有着深刻的时代背景的。

首先是金融生态环境的悄然变化。互联网金融的出现与兴起，与互联网技术的快速发展是密不可分的。比如，搜索引擎和云计算解决了互联网金融必须面对的信息处理问题，使互联网金融企业能够准确、高效、经济地处理海量数据，从中找到有价值的决策信息，并使很多实时金融创新成为可能；社交网络平台的兴起，使得互联网金融能够通过验证和分析平台上客户积累的信用数据及行为数据，形成客户的信息视图和评价体系，并据此作出决策。与此同时，网络普及率不断提高，网民数量快速增长，线上生活、网上消费成为一种时尚而蔚然成风。金融生态环境的变化，孕育了互联网金融这一新的物种。

其次是传统金融机构服务弱势群体方面明显不足。按照克里斯·安德森（Chris Anderson）的"长尾理论"，传统银行由于追求规模经济性，总是将有限的资源集中在对利润贡献最大的客户群体和业务领域，也就是销量品类平面图当中销售曲线的头部。而对于向小微企业贷款、小额理财、P2P、个人借贷担保等"尾部"业务，银行或者无暇顾及，或者由于成本、风险与收益不匹配而不愿涉足。这就为互联网金融企业提供了市场空间。可以说，互联网金融是顺应市场需求的结果，只不过这些需求在传统银行业看来属于小众市场。

再次是互联网企业自身的不懈努力。互联网企业成功的关键在于解决流量变现的问题，即如何让流量产生最大价值。在初期，互联网企业主要是通过建立门户网站、提供搜索服务以及打造社区平台等方式积累流量，并通过广告的形成让流量变现。后来，随着电子商务的快速崛起，互联网企业意识到可以将互联网流量和金融发展结合起来，通过支付、融资中介使流量变现，渐渐创新出诸多新的金融业态。

最后是监管当局的鼓励与扶植。监管当局没有在互联网金融刚刚起步时就一棍子打死，而是鼓励其发展到一定阶段再因势利导、规范发展，这为互联网金融的发展提供了一个相对宽松的制度环境。

互联网金融对商业银行的挑战

银行业本身具有 IT 属性，历史上每一次通信技术的变革，都会带来银行的变革。如今，商业银行履行支付中介、融资中介和财富管理中介的职能，已须臾离不开 IT 系统的支持。从实践看，商业银行利用互联网技术开展业务，主要经历了以下三个阶段：一是利用互联网技术致力于金融服务电子化探索的阶段，即加快电话银行和网上银行等电子化渠道建设的阶段。二是利用互联网技术致力于金融服务方式创新的阶段，即商业银行不再仅仅将互联网看成一种渠道，而是围绕互联网不断尝试创新金融业务与服务方式，逐渐将之作为创造客户、发现新型客户业态的阶段。这具体体现为近年来银行竞相拓展手机银行和移动支付业务，积极探索开展网络贷款，创新推出网络互动银行及微客服、微支付等。三是利用商务流大数据致力于市场营销模式创新的阶段，即搭建电子商务平台、发展电子商务的阶段。

尽管商业银行不断利用互联网技术以促进自身的创新发展，但互联网金融的迅猛发展，仍对其构成了诸多挑战。这既体现在对银行业务层面的直接影响，还体现在对银行商业模式与商业思维的深层次影响。互联网金融对商业银行的直接挑战体现在以下几个方面。

（1）对银行职能端的挑战。作为金融中介，商业银行的主要职能是资金融通和支付结算，但目前，这一中介职能已经受到了第三方支付、网络贷款平台等互联网企业的挑战，并出现逐步弱化趋势。一方面，互联网技术降低了信息获取成本和交易成本，分流了商业银行融资中介服务需求。互联网技术的发展，尤其是脸谱类社交网络的出现，改变了信息传递方式和传播途径，汇集了大量信息，为金融交易奠定了信息基础。另一方面，互联网技术改变了支付渠道，商业银行作为支付中介的地位受到很大冲击。尤其是面对蓬勃发展的电子商务，以物理网点和网银为主要渠道的传统商业银行支付越来越显得力不从心。

（2）对银行负债端的挑战。第三方支付会带来银行活期储蓄存款的转换、流动与流失，最终导致非备付金存管银行活期存款的外流。与此同时，一些新兴的第三方理财销售平台如"余额宝""陆金所"等的兴起，将在一定程度上分流银行的定期存款和理财资金。特别是"陆金所"背靠平安金融集团，拥有平安担保的全额本息保障，资金安全性远高于其他网贷平台，已与银行理财相差不大，加之8%以上的收益率又显著高出银行理财产品，将全面抢夺对回报率要求较高、不排斥网贷平台的银行年轻客户的定期存款和理财资金。随着对互联网金融接受程度的提高、客户理财观念的转变，以及年轻客户群体财富的积累，银行受威胁的负债资金范围扩大是必然趋势，资金成本趋于提高亦不可避免。

（3）对银行客户端的挑战。近年来，互联网金融从支付领域入手，逐渐拓展到融资、理财等传统商业银行的核心业务领域，其客户群与商业银行的重叠范围越来越大。客户是银行最大的财富，如果不能拥有源源不断的庞大的优质客户群，银行实现可持续发展将受到很大制约。

（4）对银行赢利端的挑战。随着互联网企业对商业银行核心业务领域的不断侵蚀，银行的赢利来源也会受到一定程度的冲击。比如，网络借贷发展迅速，对银行的利差收入构成了影响；第三方支付企业的业务类型逐渐由线上走向线下，对银行POS刷卡手续费收入构成了影响；基金第三方支付的发展，对银行的基金代销手续费收入带来了一些冲击；以余额宝、陆金所为代表的综合产品或平台会对银行理财资金造成分流，进而影响银行理财业务的收入。

上述挑战还只停留在市场份额与业务发展层面，互联网金融对商业银行更深层次、更实质性的挑战，则体现在商业模式与思维方式上。

互联网企业种种匪夷所思而又令人叹为观止的商业模式，对传统银行业商业模式提出了重大拷问。这主要体现在以下三个方面。

一是如何充分利用大数据？过去，银行之所以能够发挥中介职能，很大程度上是因为信息不对称的存在。但互联网技术的高速发展，极大提高了客户数据在网络上的共享性，所有市场参与者已经可以越来越充分地了解信息。这样一来，传统银行业的业务疆界和区域格局就很有可能被打破，有互联网运营基础的非金融企业就能够以网络为主要渠道，在数据开发的基础上挖掘出金融业务的商业价值。信息不对称性的逐渐弥合，已经动摇了传统商业银行的生存基础，依靠信息不对称来赚取中介费用的商业模式正面临严峻挑战。

二是如何发挥平台与流量的作用？互联网金融是一种典型的平台型商业模式，其精髓在于通过打造一个完善的、成长潜力大的开放型、包容性的生态圈，让更多的利益相关者参与进来产生流量，然后平台企业将流量变现创造商业价值。值得注意的是，在平台型商业模式中，无论平台企业连接的哪一方市场规模扩大，都会赋予平台企业更大的话语权，进而带动其客户流量呈现出几何级数的增长态势。对银行而言，客户流量意味着数据积累和市场机会，如果没有足够的客户流量，银行的客户群增长和价值创造也就无从谈起。

三是如何注重做到线上线下的有机结合？传统的金融消费以"推"为主，依靠客户经理的推销和柜面人员的推介，而互联网金融开创了以"拉"为主的金融消费模式，通过网上交易、移动支付等手段增强金融服务的可获性、及时性和便利性，从而自发地吸引客户。互联网金融之所以能够做到这点，很重要的一点就是把看似无关的金融应用与具体的生活场景连接在一起，实现了线上金融服务与线下客户需求的有机结合，即做到了线上线下一体化，也被称为应用场景化。银行一旦沦为虚拟账号间资金流通的管道，就失去了与客户的直接联系；而银行若没有足够的客户信息，就不能及时掌握客户需求的变化，其产品研发、市场营销、交叉销售都将成为无源之水，最终丧失对市场的敏感以及渗透其他行业的机会。

如果说来自商业模式的冲击是对传统商业银行竞争力本源的拷问，那么来自思维方式的冲击则是对传统商业银行经营灵魂的洗礼。对传统银行业而言，只有加快用互联网的思维武装自己、改造自己，才能在互联网时代立于不败之地。什么是互联网思维？尽管社会各方对互联网思维的理解不尽相同，但以下三个核心支柱已被广泛认同。

一是客户体验至上。互联网思维之根在于尊重客户体验。在互联网时代，如果你的产品或者服务做得好，好得超出客户的预期，即使你一分钱广告都不投放，消费者也会愿意在网上去分享，免费为你创造口碑，免费为你做广告，甚至让你变成一个社会话题。互联网金融也是如此。为什么银行线上支付的支配权会旁落？原因就在于第三方支付的所有创新无一不是为了更加方便地服务客户，而相比之下，银行恰恰欠缺这种接地气的姿态。尽管银行其实一直在努力改进客户服务，但与互联网企业相比，仍有较大的差距。究其根本，主要是两者在经营逻辑上存在差异，银行讲究的是通过规范的制度流程和严密的风险控制，最大化地提高投入产出效率，而互联网企业则通过提升客户体验尽可能地为客户创造价值，财务目标是水到渠成的结果。

二是开放包容。互联网是一个开放的生态系统，可以充分利用众包、众筹以及众创的模式，用集体的力量和智慧创造普世价值。互联网企业习惯于主动邀请顾客参与到从创意、设计、生产到销售的整个价值链创造中来，在用户参与和反馈中逐步改进，精益求精。相比之下，传统银行更多的是封闭的思维方式，如体现在产品创新中，就是采用分工明确、高度协同、相互牵制的模式，通过机械式的运动研制产品，这已经很难满足互联网时代的创新要求。

三是平等普惠。互联网金融是一种更为民主、更为普惠，而非少数专业精英控制的金融服务模式，因此更容易得到社会大众的拥戴。可以说，互联网技术的出现与发展，为普惠金融的发展插上了翅膀。因此，看待互联网金融，并不能简单地认为其是把金融产品平移到互联网平台，其最大意义在于用先进的技术手段降低金融服务成本，改进服务效率，提高金融服务的覆盖面和可获得性，使边远贫困地区、小微企业和低社会收入人群能够获得价格合理、方便快捷的金融服务，使得人人都有平等地享受金融服务的权利。

商业银行的互联网蝶变

互联网金融的实质是金融，互联网只是工具。互联网金融颠覆的是商业银行的传统运行方式，而不是金融的本质。金融的本质在于提高社会资金配置效率。传统银行与互联网金融各有优势。

互联网金融的优势主要体现在：一是服务半径更广。互联网金融能够突破时空局限，依托全天候覆盖全球的虚拟网点网络，让消费者在任何时间、任何地点，动动手指头，敲敲键盘，点点鼠标，就能支取任何地点的资金，办理远程银行业务。这是传统银行所望尘莫及的。而正是互联网金融打破了很多时间上和空间上的限制，为消费者大幅度节约了时间成本，可以满足一直被忽视的"长尾"群体的金融需求，大大提高客户覆盖率。二是服务成本更低。互联网金融可大幅降低业务成本。一般而言，银行业通过在线虚拟支付的成本是通过物理分支机构支付的 1/16～1/6。三是客户体验更优。用户体验是互联网平台存活和发展的基石。好的用户体验首先需要对客户本身个性化特征的深入了解，在互联网平台上，企业聚焦于每个参与主体的个性化需求特征，客户需求因此得到了充分关注与满足。与此同时，客户在享受资源的同时也留下了供他人分享的信息，通过对这些信息的收集与分析，互联网企业能够更有针对性地提供与改进自身服务。四是信息处理能力更强。互联网将金融主体的金融行为变得更有逻辑和更容易辨别。就一个企业而言，它不是独立存在的，而是会和其他主体发生联系的，互联网通过多侧面来收集这个企业的信息，将每一个主体产生的有限的信息拼接起来，从而全面了解企业的信用状况。五是资源配置效率更高。互联网金融本质上更类似于一种直接融资方式，资金供需信息直接在网上发布并达成匹配，就可以直接联系和交易，在无金融媒介参与的情况下高效解决企业融资和个人投资渠道等供需对接问题。同时，在这种资源配置方式下，双方或多方交易可以同时进行，定价完全竞争，大幅提升资金效率，并带来社会福利最大化。

当然，商业银行在经历了 400 余年的发展历程后，也形成了很多难以替代的优势。具体体现在：一是客户基础优势。互联网金融企业的客户基础与银行相比还有较大差距。二是服务网络优势。经过多年的发展，国内银行业已经形成了较为完善的客户服务网络，不仅有遍布全国各地的分支机构，而且有不断延伸的海外机构和代理行；不仅有实体营业网点、便捷银行、楼层银行，还有电话银行、网上银行、手机银行等日益多元化的电子渠道。凭借发达的服务网络，商业银行能够为客户提供更加优质、便捷、高效的金融服务。三是资金供给优势。商业银行可以通过吸收存款、发行金融债、同业拆借等多种手段，为小企业与小微企业提供可持续的信贷资金来源。仅从存款方面看，商业银行就可以吸收居民储蓄、企业活期和定期存款、财政性存款、IPO 资金存款、第三方支付资金、结构性存款等多渠道的资金。四是风险管控优势。与其他金融机构相比，商业银行拥有较为领先的风险管理理念、比较成熟的风险控制手段、相对完善的企业征信体系以及专业化的人才队伍，能够较好地控制业务风险，实现风险与收益的平衡。五是产品组合优势。当前，客户的金融需求日益多元化、复杂化和个性化，单一的信贷产品已经远远无法满足企业的需求。面对新的形势，商业银行可以充分发挥其不同业务条线、不同产品部门、不同区域分行的整合联动优势，为企业提供贸易结算、信贷融资、现金管理、财务顾问、跨境金融等丰富多元的金融产品和服务，为客户量身定制个性化、综合化的金融服务解决方案。

总之，互联网能够在虚拟的空间拉近距离，却不能缩短现实间的距离，能够提供海量的数据，却不能解决人和人之间的信任问题，有效的信息、人性化的渠道和现实的信任，正是网络时代最需要的。银行拥有广泛的客户资源，有较受公众认可的信赖感，还有相当完善的物理和电子渠道。凭借这些资源，银行作为信用、支付和渠道媒介的功能将进一步强化。正是从这个意义上讲，互联网金融与商业银行可以优势互补、相辅相成。

首先是经营领域的合作。在融资业务领域，商业银行与网贷平台具有巨大的合作空间。这是因为双方目标市场和客户定位存在较大差异，彼此竞争的程度远远低于互补的程度。网贷平台客户数量庞大，但自有资金有限，又无法通过吸收存款补充资金；商业银行资金充足，但受成本限制，触角难以延伸至贷款金额较低的长尾市场，因此双方完全可以通过合作实现双赢。在支付业务领域，互联网支付平台与商业银行各具优势，银行在线下支付占据垄断地位，拥有庞大的用户基础和很强的公信力；第三方支付企业则在线上支付占据优势，资金结算周期短、支付接口兼容性好、产品创新能力强、客户体验好。目前，无论是网上第三方支付还是手机支付，暂时都还无法离开银行而独立存在，都要与银行账户、银行卡相连接才能发挥作用，一定程度上相当于助力银行支付媒介职能从现实世界延伸到了网络世界的很多角落，对此银行应以积极的态度互助并进。商业银行可以加大与电商平台及第三方支付企业的签约合作，共同拓展支付结算的覆盖领域。同样，在财富管理业务领域，银行可以扩大与第三方理财销售平台的支付合作，赚取交易手续费收入；同时，银行自有的理财产品亦可以放到第三方理财销售平台销售。

其次是管理领域的合作。随着互联网与信息技术的不断发展，知识与信息的大爆炸使企业面貌发生了全新的变化，企业的管理日益呈现出扁平化、柔性化、精细化的趋势，而互联网企业的管理特征恰恰与这样的管理趋势不谋而合。商业银行可以与互联网企业加强管理方面的合作，以提升管理的扁平化、柔性化和精细化水平。比如，在风险管理方面，银行传统的风险管理采取自上而下，一般先研究国际、国内的经济形势，再研究行业的发展趋势，从而确定国别、行别的风险限额，在这个限额范围内选择符合条件的客户，授予相应的信贷额度。在互联网时代，银行的风险管理可以向互联网网贷平台学习，采取自下而上的方式，在浩如烟海的交易数据中，利用大数据技术，还原出一个活生生的客户，掌握他们的行为方式，有效管控风险。又如，在流程管理方面，银行可以借鉴互联网企业"以客户为中心"设计和管理流程的思路与做法，利用互联网和云计算等技术，实现前中后台的有效分离，使前台专注于客户关系的管理，中台直接进行客户挖掘和分析，后台实现运行的集中处理，前中后台通过顺畅的流程贯穿起来，高效率、高质量地为客户服务，以提升客户的服务体验。再如，在数据管理方面，通过数据合作共同开发市场。目前，花旗银行与脸谱公司已在数据合作方面进行了初步尝试，并取得了良好成效。

当互联网新时代的大幕揭开之际，传统银行应该做的，不是远离自己熟悉的领域，而是理解新的规则，寻找新的伙伴，运用新的工具，将原有业务做得更好。我相信，商业银行只要摄入更多的"互联网基因"，学习借鉴互联网思维，从理念、体制、机制、流程、考核、产品和文化等方面入手，坚持不懈地开展创新，商业银行就不会终结，反而会借助互联网实现新生、实现蝶变。互联网金融颠覆不了商业银行！

（2014 年 5 月 22 日）

活力传承

刘永好

刘永好，新希望集团董事长、中国民生银行副董事长。现任第十二届全国人大代表、四川商会名誉会长、西部乳业发展协会会长等。曾任第九届、第十届全国政协常委；第十届、第十一届全国政协经济委员会副主任等。曾荣获"亚洲之星"、安永全球企业家大奖、全球新兴市场商业领袖50人之一等殊荣，他还是全国劳动模范、中国十大民营企业家、中国十大改革创新人物、CCTV中国经济年度人物、CCTV年度十大三农人物、中国改革30年30人杰出人物。

最近很多媒体、企业家都问我，新希望集团成立 32 年了，你的女儿刘畅已经走上重要的岗位，你是怎样传承的？其实我也在思考什么是传承，我想从这个角度开始。

传承是过程

中国改革开放 30 多年，像我们这样比较早就开始创业的企业家，年龄都已经比较大了。公司里二十、三十多岁的年轻人居多，我们一起去工厂考察、一起去爬山、一起运动的时候，往往走到一半，他们不行了，我还能继续走。我今年 63 岁，虽然身体还可以，状态也不错，但是人总会老的，更重要的是思想也会老化。让我最诧异的是，我发现这些大学刚刚毕业的年轻人什么都了解，他们懂的很多东西我不懂，相比他们玩手机之快、手指之灵活，我的手指显得更笨拙些，总之我是玩不过他们。脚踏实地做事是我们的传统，是我取得成功的基本点，但是我也感觉到，当今世界是年轻人的，未来更是他们的。

在这样的情况下，怎么办？新希望从创业到现在已经 32 年了。2012 年我们搞了一个 30 周年的年会，这个年会来了几千人，包括世界 500 强公司中的很多好朋友。许多人乘坐私人飞机来的，那次成了成都双流机场有史以来私人飞机降落最多的一次。我们邀请了这么多的朋友，但是没有官员，都是国内国外的商人朋友。那一次活动是由刘畅负责策划、主持和安排的，我感觉非常棒。她用一种新颖的视频，将动画、员工表演和企业历史故事穿插在一起，做得非常好，结果我的很多朋友都说要邀请刘畅做他们活动的总导演。前几天我的一个朋友也是开30年年会，他们企业的组织规模更大，他告诉我，他们的很多策划理念和创意来自我们30周年的活动，这让我感到非常欣慰。

第一，为什么要谈传承。因为跟我一起创业的企业主要管理者在公司干了二十年、三十年，大都已经年龄大了，五六十岁了，房子、车子、票子都有了，精力不行了，体力也不好了，动力也不足了，虽然他们经验比较多，但是经验比较老，欠缺一些新的想法和创新意识，也不可能一天十二小时，甚至十八小时地考虑问题，这个时候公司还要他们来指导、指引，但由他们来冲锋陷阵就比较困难，必须让位给年轻人。长江后浪推前浪，这是历史的必然规律，年轻人更有朝气、更有活力、更有动力、更有精力，他们可以赢得市场。因此，我们必须要传承，不传承就要落伍，这就是传承的道理。

第二，怎样传承，传承的是什么呢？有人说，你把董事长位置让给了你女儿刘畅，这就是传承。这样理解其实太过于片面。刘畅虽然是我的女儿，但她比我年轻得多，学历比我高得多，英文比我好得多，走的地方也不比我少，而且新鲜事物吸收的也比较多，我最认同的是她的沟通能力。有人说她接任新希望董事长的一年多以来，上上下下都非常认同她，她可以跟企业的高层、中层、基层沟通，并且大家很尊重她，她的沟通能力是足够的，这是最重要的。另外她热爱我们的事业、我们的公司、我们的产业。

这可不是天生就这样的。十多年前她从美国回来，我带她去工厂，她去了一次，第二次怎么都不肯去了，她说养猪场有臭味，她喜欢时尚、国际化、现代的、洋的东西，不太喜欢我们养猪的产业，不太喜欢我们的饲料业。这个时候怎么办呢？我没有强制她，我说你喜欢什么？她说喜欢时尚的东西。我说什么是时尚？她说喜欢服装、装饰品、小摆设什么的，想开个店做时尚用品。我说可以，我借给了她100多万元。于是她和几个小伙伴们一起开了个店，开始她不知道去哪里进货，她的朋友告诉她去温州什么地方进货。她就真的背着包去了那里，把东西进回来，然后在她的店里卖，当时成都这种店还很少，而且她发现很多东西都是三四倍的价差，结果她真的还赚了不少钱。有一段时间她很热爱她的店、她的公司，我觉得这非常重要。首先让她喜欢和热爱，不热爱你去强迫她是不行的。过了一段时间，我跟刘畅说我们公司乳业发展得不错，她是不是可以来锻炼一下。她说行，她从乳业基层开始起步，而且换了一个名字，因为那个时候她刚刚从国外回来，人家也不知道、不认识她。但后来她说在公司里面发展没劲，要到外面去。于是她和小伙伴一起在北京搞了一个广告公司，这个广告公司给很多著名公司做过策划、宣传和推广，慢慢地她对市场增加了认识，而且跟她一起做的小伙伴现在还是朋友，他们做得相当不错。

后来她再到我们乳业公司开始做办公室主任，就这样来来回回，上上下下，接着又到北大读书，成了林毅夫的学生，又到清华读书。通过这样不断地在公司内、公司外、市场上、学校、国内、国外的锻炼，从而慢慢进步、成熟。几年前，我又问她："你老爸年纪大了，不行了，你看你愿不愿意做点事？"她说可以。我说："你想做什么？"她说就做农业。我说："你不嫌养猪臭了？"她说不，做任何企业、任何行业都是一样的，没有贵贱高低，相反我们的行业很重要，我们的行业更有发展，而且我们企业在全国已经处于优势地位了，已经成为全世界最大的饲料企业和全中国最大的肉蛋奶提供者了。这个时候让她进入公司就顺理成章了。这就是变化，不能强行。我有很多朋友跟我说："你了不起，你女儿更了不起，她自己愿意做，你看我儿子个子那么高，就是不愿意做我的活。"这一点是让我骄傲的地方，很多二代都是这样的，他们觉得应该享受，应该走自己的路。

传承是体系

我觉得怎么传承，不仅是一个人，更重要的是一个体系、一个团队、一个群体。经过 32 年的发展，我们的企业已经具有相当规模，有八九万人，近千亿元的销售额，分布在全球各地的五六百家企业。我们在海外二十多个国家有四十家工厂，在中国除了台湾地区之外，每一个省市自治区都有我们的企业。在这样的情况下，我们用什么方式去管企业？怎么样才能确保企业可持续发展？同样也到了一个必须传承的时刻。创业初期，我们没有钱，为了1000块钱贷款跑遍了所有银行，没有人愿意贷给我们，然后借了亲朋好友的钱，到了年关还不出去，差一点去跳江。那个时候跟着我们干的都是学历不高的人。一个大学生都没有，没钱人家看不起你。就是这些人，虽然没有文凭，但非常努力、非常勤奋，在过去二十年、三十年里，逐步进步、成长、壮大，成了公司的中流砥柱，为公司创造了历史，带来了辉煌，非常了不起。但是，他们毕竟现在已经五六十岁了，怎么办？老是靠这些人，靠中层的老同志，公司守都不一定守得住，必须要有活力，这个活力就是变革。于是，过去十年，我们一直在做一件事，就是每年差不多招2000个应届本科生，进行培训；每年在北大、清华、人大、川大等几个优秀大学当中挑选优秀分子，包括学生会主席，作为我们的管理培训生，在不同的岗位上培养他们。过去十年里，相当一部分的大学生优秀分子来到公司，当然，这其中一部分另谋高就了，一部分吃不了苦走了，但是还有一部分人留下来了。而留下来的这些人，只要干满两三年，往往都比较努力和优秀，而优秀的人现在在公司都取得了很大的成长。

像集团副董事长王航先生，贵州人，北大研究生会的主席，十几年前我应邀去北大演讲，他接待我，我看这个小子不错，就交上了朋友。毕业后，他进入中国人民银行工作，三年不到变成一个处长，然后就下海到一个外企去做总裁了，但是我们始终有联系。后来我让他到我们公司。他到我们公司后，从基层做起，一步一步，做到集团副董事长，二号人物。像这样的人要文凭有文凭、要能力有能力、要经验有经验、要口才有口才、要文章有文章，对市场的理解、对金融的理解也很强，我们要的就是这样一批人。

我们另外一个副总裁姓唐，曾任一家央企的副总，原来是南京大学学生会主席、全国学联的执行主席，今天还是全国青联的常委。他聪明、能干、学习好，并且有广泛的社会背景，特别是在金融方面的央企锻炼过，40 多岁到我们公司，我跟这样的人相比差太多，赶快让位给他们。通过几年的努力，现在我们集团总部部门负责人平均年龄 36 岁，大概 5 年前还是 50 岁。我们集团的中层干部，包括总经理级干部，平均年龄是三十二三岁，公司去年定下一个制度，每年从在企业干了三年的、大学本科毕业的年轻同事中挑选出 20% 的人作为基层管理者，包括企业基层公司总经理。这就意味着企业基层管理者每年必须要换掉 20%，五年全部换完，我们现在已经换了一批。所以现在你到我们公司去看，年轻小鬼当家的有的是。

原来一位北京地质大学的学生会干部，毕业之后留校做过学生辅导员、班主任，后来到我们公司做管理培训生，五年时间，做过基层的工作，做过工厂的工作，做过集团办公室工作，现在已经成为新希望房地产公司的总裁，只有 30 多岁。他领导的公司今年销售会超过 100 亿元，纯利润考核任务 22 亿元。我们就要用这样一批人，他们很努力、很勤奋，深刻知道他们这个岗位来之不易，深刻知道与同事同学相比他们的收入高得多，但他们的房子不够大，车子不够好，这个时候他们有渴望，有雄心，愿意去做事。而我们这些五六十岁的人，你给再多也没用，因为什么都有了。这就是活力，这是生理结构和年龄阶段决定的，他们因为年轻，想到的是未来，所以传承是为了确保企业有活力。

不仅总部，我们的事业部，各个分部门、各个工厂都在进行年轻化。这个年轻化就是每年招聘 2000 个大学生进行培训，送到新加坡、日本、美国去培训。我们现在送到新加坡培训的人数已经超过 3000 人。我们搞了一系列的计划——青年计划、龙腾计划等，对大学生进行定期培养和考核。每个大学生一进企业就定一个具体目标，特别是管理培训生计划，需要在三年时间内经历三到五个岗位，需要到很多部门锻炼和适应。因此，往往留下来的人都是不错的。经过这样的努力，我们的企业会集了传承所需要的人才。

传承是本土化

大家都知道新希望集团是做饲料的，确实到今天仍然做饲料。今天的饲料做到什么程度呢？很快就要达到年产 2000 万吨，全球第一。这个数字大家可能不清楚、没概念。大家知道中国黑龙江农垦每年生产了中国最多的商品粮食。有一天我与农垦的政委聊天，我说他们一年的粮食产量 1000 万吨，但仅够我们企业粮食需求的一半，新希望现在是中国最大的饲料用粮单位。市场上排名第二、第三、第四位的企业产量加在一起也没有我们多。企业从小到大发展的时候，我们曾向正大学习、和正大竞争，现在在中国我们已经远远超过正大了。

今天新希望集团正大踏步地走出去，在海外发展，到发展中国家建工厂，因为那里的市场尚未饱和。我们的优势比较多——我们的规模比那里的本土企业大，我们的经验比它们强，并且比它们更加努力，因此从越南开始，到菲律宾、柬埔寨、斯里兰卡、印度，再到欧洲、中东、土耳其、埃及、波兰、俄罗斯等，我们在二十多个国家和地区建立了四十家工厂，这些工厂正在以崭新的精神面貌出现在异国他乡。这么多工厂当然都需要人，不仅要懂得当地的语言、当地的法律、当地的文化，还要能够带领当地人去生产、去销售。然而，说起来容易，做起来难。每一个国家情况都不太一样，在伊斯兰，工厂设有一个祷告室，员工干活时经常停下来，跑到祷告室里祷告去，企业要尊重当地人的习惯。前不久的菲律宾事件造成很多工厂被烧、被冲击，导致我们的干部、员工回不来。因此，我们下定决心培养当地人，每个工厂从原来十几个中方员工，一两百个外籍员工，逐步变成只有两三个中方员工，其他都由本土员工进行管理。但实施起来并不是那么容易。有一天我接到我们菲律宾工厂负责人的电话，他说菲律宾总统要到我们公司来。我说他们热情接待就可以。他说不是的，菲律宾总统想看看我们的工厂，更重要的是想借我们的操场降落飞机，周边是他的家乡，他的飞机停放在我们这里他放心。因为那个地方白天是政府管，晚上是人民军管。我们当地工厂也有武装，请的保安都配枪。有一天半夜，一点多钟，一群人拿着枪冲到公司门口。对方说要见我们的总裁、总经理，保安说我们的总裁在北京。他说总经理呢，把总经理叫来，他们是菲律宾共产党毛派的。这一讲，我们的总经理高兴了，说大家是一家人，自己也是共产党员。他说不行，他们是毛派的。我们总经理说："我是在毛主席在世的时候加入中国共产党的，所以大家更是一家人。"聊了半天，那群人要 AK47 机枪，要大炮，我们说我们只生产饲料，没有枪支弹药，最后给了他们 1 万美元了事。我们事后把这个情况报给中国大使馆，大使馆说，在当地要尊重当地的习惯，那个地方就是这样的，白天政府管，晚上人民军管，而且人民军不一样，有马列派，还有毛派。

最近越南工厂也有很大的压力，前一段时间越南游行，我们企业原来挂了国旗，写中国字。没办法，只能把国旗收起来，把中国字蒙起来。我们的越南员工在门口把守，游行的人来，就说是越南企业。这些越南员工爱岗爱企，收入比在普通企业高三分之一，并且我们重视他们、信任他们，让他们成为管理者。我听不懂英文，更不要说土耳其语、越南语、阿拉伯语。国际化必须要用当地员工，而且要培养国际化人才。我们在澳大利亚有 800 多个白人员工，在新西兰，我们收购的公司总裁是他们的前央行行长。我们在迈向国际化，我们在发展，而这些必须要有一批有活力的团队，能干、敢干、敢担当。

传承的本质

传承的不是一个人，是一个体系，是一种制度，是一种办法，是一种未来，传承的是活力。当你拥有一大群有活力的、年富力强的年轻人的时候，你的企业不进步都难。传承不是一个人的事，是一个体系的事，是一个团队的事。这就需要我们主要的创业者头脑必须要清楚，不要木讷，不要什么都做不动了才开始考虑，那个时候一切都晚了。现在大家都说我显得比较年轻，问我吃什么，我告诉大家，多吃猪肉、鸡肉、鸭肉。我吃的东西从来没有挑过选过，也没有单独专供过，我也喝牛奶，牛奶是喝自己企业产的，因为我们的牛奶非常好，其他都是吃市场上的，不管哪一家的。我们的团队必须要做得正、做得阳光、做得规范，把食品安全关把握好。因为我们输不起，我们有几万名员工，一旦出事，损失是巨大的，这迫使我们必须要把食品安全做好，因此我们要走规模化、现代化的道路。

那传承的是什么呢？是精神，是活力，是一个体系，传递的是这种创新的基因和敢担当的企业家精神，这叫传承。另外，我们要学会放弃，放弃一些传统的办法，放弃一些落后的管理方式，以及落后的商业模式。有一些传统的管理办法适用于当时，而今天更多应用现代的手段、技术，特别是在信息化社会，所以我提出，我们企业的信息化要不断进步。几年前我们搞了信息化，结果过了几年就落后了，只能再调整。不管怎么样，我们一年多以后要实现全行业最好的信息化，当然要投很多钱，但这是传承必不可少的投入。传承不仅是要保留一些好的东西，还要敢于舍弃抛弃一些旧的、不合时宜的东西。

如何传承呢？关键是人的传承，我们要培养一大批的人，包括干部的年轻化、专业化，而且要早做准备，不断为不同岗位的员工提供培训。我举一个例子，十年前，我们看到蒙牛、伊利在乳业方面做得相当不错，也开始尝试涉足乳业，在成都、昆明、杭州先后收购了十几家乳业企业，这些都是有五六十年历史的养牛厂。当时我们想得很简单，收购之后，利用他们原有的品牌，给他们资金等方面的支持、帮助，应该很快会发展起来，但是没有想到却十分困难。因为每一个企业都有一两千人，每一个企业的总经理、副总经理都超过十个，你动一个都不好动。人的调整是最难的。经过了三五年的努力，才慢慢地调顺。另外，原来的工厂在居民区里面，很小很差，都要搬迁。通过我们的努力，十几个工厂全部搬迁完毕。新的产品怎么样去打造？我们从最优秀的企业里请了最优秀的人。我们发现这些人一开始干劲十足，但是三年后就开始消沉，结果时间就耽误了，我们的乳业折腾来折腾去十年过去了，没有做好，丢掉了一代人的机会。三年前，我们痛下决心，从根本上思考，认识到为什么那么多人不行，除了固有的原因之外，更重要的是领导班子、关键的核心人员。我们下决心，改外部聘任为内部选拔，在公司内部挑选了一位已经干了十几年的年轻人，这个年轻人懂市场、懂管理、懂行业，我们给他机制、给他信任、给他办法、给他措施、给他权力、给他支持。他提出三年规划，三年要实现大变样。三年过去了，现在第四年，的确发生了根本性的变化。我们实施总经理竞聘上岗和红黄牌制，干得好奖，干不好罚。前一段时间和乳业公司的员工一起吃饭，我问最近有什么变化？办公室主任说："报告董事长，看到你我很紧张，以前我只在远处看过你，今天可以和你在一起吃饭我很紧张。"我说："你不要说客套话，你有什么变化？"他说："我变化非常深刻，我非常感谢我们总经理，感谢我们这个体系。"我说："你感谢他什么？"他说："我要感谢总经理对我的重视。"因为他是管工厂的门、房等后勤工作的，有扇门老是关不严，容易出现安全问题，有一天总经理开了现场会，请他站起来，在1000多个员工面前把门取下来砸了。他开始没想通，后来想通了，自费花了1000多块钱把门重新安装好。更重要的是，他自己没有做好，按照规定自愿降级，从办公室主任降到副主任，工资降了1000块钱。我说："你工资降1000块钱甘心吗？"他说甘心。我说你恨总经理吗？他说不恨，还高兴。我说为什么？他说："本来总经理对我不重视，现在他对我非常重视。我下定决心把工作做好，不仅很快恢复正办公室主任职务，以后还可能会得到提升。"他的故事在我们乳业集团里传播，大家都引以为戒，有一个反面教材不是坏事，反面教材也是受重视，让员工进步了，这样严格管理的公司哪里有做不好的呢？

中国的乳业，每一个时代都有一个非常有激情的团队，十年前是蒙牛，现在还是蒙牛吗？我不知道。蒙牛有一位高层跟我讲，他认为新希望乳业团队是今天乳品行业最具创新能力、最有激情的一帮人。我们公司的规模比蒙牛小很多，但是我们的创新意识、我们的团队意识、我们的激情、我们的成长却是最好的。我们开发了24小时鲜奶——从牛的肚子里出来，24小时之后全部要卖掉，卖不掉就倒掉，味道就是我们小时候喝鲜奶的感觉。有人说拿去做酸奶，不行，有人说拿去做饲料，不行。我们真的倒了几次。从挤下牛奶到卖出去整个过程24小时完成，我们做到了，我们是中国第一家。我们还开发出了香蕉、菠萝、芒果等一系列奶产品，在很多城市业绩非常好。另外，通过淘宝订牛奶我们也是全国第一家。2013年总经理会议，我们的乳业总经理汇报时，一下子上来二十多人，先讲财务，讲财务的同事没有用太多繁杂的公式图表，而是用一些很清新、很实际、很落地的东西来报告。接下来讲营销，营销的同事给我放了一段动画，我看了这段动画之后非常激动。这段动画形象地描述了他们怎么样利用互联网，将市场和信息化结合来做营销，看完之后能不激动吗？我对这个团队非常认同，有这样团队的企业不成长快才奇怪。这就是企业家精神，这就是我们的传承。当然还有很多很多这样的例子。

传承第一要做到充分的授权，充分信任继承的人。第二要有强有力的激励机制。第三要制定目标，并与考核和奖惩相结合。第四要从上到下帮助他们，支持他们，并形成这样的氛围。另外信息化要坚决跟上，只有这样企业才可以进步和发展。

对话

问：您给您女儿最大的精神传承是什么？

答：传承有精神层面的传承，精神层面的传承就是告诉她，我们做企业是快乐的，是受人尊敬的，是创造价值的。让她从心底里愿意做企业家，去担当。很多企业家家里面条件非常好。那他们的孩子为什么还要吃苦呢？为什么不去享受呢？这是很多富二代的想法。这个时候要传承一种价值观，就是经过奋斗、拼搏、创造而得到的，才是最幸福的。其实我刚刚已经讲过一些，原来我的女儿对我们的产业看不上，觉得太土了，她喜欢时尚。但让她了解社会，了解市场，懂得更多，接触更多的时候，这种观念是会变的，她会自然而然地热爱你所处的行业。正如她说的，无论是养猪还是做时尚都是一样的。她经常参加各种活动，别人问她干什么的，她都说是养猪的，其实这就是一个变化。

问：您刚刚提到新希望吸引了很多北大、清华的学生会干部，您是怎么去吸引他们的？您在选人用人上最看重的标准是什么？

答：我只是说我们有北大、清华优秀的学生，并不是说只在北大、清华招人。我选人的标准是看他是否接地气、懂市场、懂社会、肯努力。通常学生会干部经常参加各种活动，容易懂社会一些，他们的成绩可能不是最好，但在这些学校，他们的成绩通常都不会太差，我们不把成绩作为评价能力的标准，而更多看他的社会能力和创新思维。

问：您说传承是找到有能力的年轻人来替代公司那些年纪大、资格老的人，在这个过程中，您是如何避免他们在成长的过程中把您的团队带走？

答：这是非常现实的问题。我的很多朋友都说培养人，结果辛辛苦苦培养成了，就跳槽，还拿你的东西成为你的竞争对手，跟你对着干。我有一个朋友说他就要做家族企业，因为他原来有一个总经理提出要增加一倍的薪水，为什么？因为贡献大？他拒绝了，不行就走吧。结果那位总经理说如果让他走的话，他就把箱子里很多资料拿出来，结果把我这位朋友吓住了。家族企业关键是利益，一开始就很公开、透明、规范、阳光，没有两本账，你就不怕了。当你有两本账的时候，别人就有第三本账，就会拿来威胁你。另外，你要有正确激励的机制，你要给他信任、给他激励、给他支持、给他约束，你要让这些人感觉到他出去干不见得比在你这里干得好。人员流动是肯定的，30多年了，现在在我们公司的员工有近十万人，在公司工作过又出去的人也超过了三十万人，我统计了一下，其中有相当一部分人做得很好，成为亿万富翁的都有几十个。让我非常高兴和自豪的是90%从我们公司出去的人都说我们好。我甚至建议成立一个新希望人协会，找时间大家聚一聚，交流一下。佛教里讲"十年修得同船渡"，既然我们曾经在一个战壕里战斗过，他们为我们创造了相当的价值，我们当然要尊重他们。

（2014 年 6 月 12 日）

金融改革创新与风险防范

拉尔斯·皮特·汉森

拉尔斯·皮特·汉森（Lars Peter Hansen），美国宏观经济学家，芝加哥大学经济和社会科学资深讲座教授。2013 年获得诺贝尔经济学奖。作为一位卓越的宏观经济学家，他最主要的贡献在于发现了在经济和金融研究中极为重要的广义矩方法，该方法适用于检测资产定价的合理性。

不确定性在我们日常生活中无处不在，不仅影响到我们做决策，对于市场波动也起着重要的作用。我们人力资本的投资回报、新企业的成败都基于一些不确定性。同时，不确定性也会对经济政策产生影响，包括对金融或者宏观经济政策方面产生影响。大多数的经济学家都是通过创建模型来研究经济，我也不例外。我在创建模型的时候，同样需要将当前经济环境的不确定性纳入进来，所以我会研究一下关于不确定性我们有哪几种思考方法，并且在建模以及思考过程中考虑如何处理不确定性。很多经济分析把不确定性作为第二个重要性的考虑事项，但我自己认为，不确定性应该是最重要的项目，而不是事后才思考不确定性的影响，所以我希望在考虑金融市场的过程中，特别是对宏观经济的影响，以及我们可行的经济政策选择过程之中，都应该考虑不确定性的影响。

经济分析中的不确定性

借用我在芝加哥大学统计系课程的内容作为今天讨论的开始，回顾一下历史上如何研究不确定性。进入正题之前，首先让我们来复习一下大数定律，这是雅各布·伯努利当时提出的一个重要的统计学理论。在此之前，对概率的分析，像扔骰子、掷钱币，或者是打牌，其实都是我们根据已知的概率进行计算。伯努利应用他的大数理论去研究当时的社会科学，他认为这个时候的概率不是已知的，也不是花很短的时间就能知道的，而是需要花很长的时间才能了解这个概率是多少。伯努利从外部来对市场交易进行研究时，模型之中的主体，也就是市场中交易的主体，在进入这个市场的时候，并不知道需求情况是什么，因此必须去猜测，因而面临着很多的不确定性，而这个不确定性对他们的决策会产生影响，最后会影响到市场的结果。所以，不确定性也是我在经济建模过程中所必须要考虑的问题。

当谈论到经济学分析当中的不确定性时，我们需要对模型之外和模型之内做一个区分。在模型之外，经济学家会对经济现象进行统计学分析，这是计量经济学当中的一部分，比如很多动态经济学模型，可以由研究者去分析一下这个模型之外的未知参数，通过对这些参数的测试，看一看哪些模型是最佳的，同时对于预测型的模型，可以用历史数据进行验证，看一看模型的有效性，这种不确定性是存在于模型之外的不确定性。我的职业生涯的前半部分大多数时间就是进行这方面的研究。但是，另外还有一部分，也就是模型之内的不确定性。当创建动态的经济学模型时，我们也必须去研究这个模型之中的经济主体，比如说消费者、企业家和政策的制定者，看看他们是怎么应对不确定性的。当了解到他们如何应对不确定性时，我们相信可以推演出对市场结果以及资源分配的影响是什么。我们想看这两个不同方面的不确定性，一个是从统计学方面，也就是存在模型之外的，还有一个是存在于模型之内的主体。

经济时间序列的先驱者

我还是要介绍一下历史。首先我会给大家介绍一些学者，他们都是创建经济模型的重要人物，关注于随机波动对我们的价格政策等方面会产生什么样的影响，研究在经济动态当中产生的一些波动背后运行的机制是什么。第一个人是贝奇里耶，我的博士论文当中也提到了他。他是一个经济学家，也是第一个研究在金融市场当中如何使用随机波动建立模型，同时也是布朗运动的联合创始人。在 1900 年时，贝奇里耶在经济时间序列方面做出了突出的贡献。他的研究成果日后才被人们认可，和我们看到的那些被认为是伟大的经济学家一样，中间有一个延迟。贝奇里耶的贡献和我们所说的宏观经济之间有什么样的联系？这种联系是在很久以后被发现的。我们看两种不同的情况。一家保险公司为不同的人提供不同保险，比如说车险、寿险等各种险种，保险公司可以在很大的客户基数里面进行一个风险的分散，并且可以把风险指标降低，使得整体上的不确定性对企业并不会带来太大影响。另外一种情况，比如说在宏观经济当中有了一波冲击，给所有人都带来了影响，但像这种大的冲击，是不可能像保险公司那样去分散或者平均化，很难用以前的模型进行一些估计，对风险进行补偿，所以说在宏观经济当中，如果有一些比较大的冲击，我们需要有一些新的模型去进行风险分析和补偿。

第二个人是尤尔，他是统计学以及回归模型的创始人。他发现有一些波动并不是完全有周期性的，所以希望研究出系统性的方法去分析这些随机波动。包括宏观经济当中的一些线性回归方程模型，或者是叫作自回归模型，这些都是尤尔的贡献。

第三个人是斯勒茨基，他也对经济学的时间序列、宏观经济做出了重大贡献。由于他是独立从事这个研究的，所以说斯勒茨基的研究是更加了不起的。他研究的是定期活动及影响，包括对经济周期性的作用。他认为哪怕有一些随机的波动，都是有恒等式，还有一些时间序列可以去分析。

最后一位是弗里希，也是诺贝尔经济学奖获得者，他建立了计量经济学，并且在当中提出了脉动分析，探讨怎样用一种新的计量方法去研究经济中的波动和对经济带来的影响。

这四位的著作都非常的丰富，而且有很多的贡献与宏观经济都有着密切的联系。有一些学者是从纯数学、统计的角度出发，但是和经济学有一个很好的衔接。我们刚开始学习经济统计的概率，更多是从游戏机会和游戏概率方面去讲，然后就演变成了经济学研究当中的一些重要冲击，用统计和数量的方法去分析。看图1这个例子，在最左边有一个罐子，假设里面有三个红球和三个蓝球，我们随机地去取，取出红球或蓝球，一轮一轮地取下去。你不知道取出来的球是哪一种，这就是不确定性，但它是有一定概率的，我把这个概率叫作风险。各种风险的发生是有一定概率的，我描述的这种情况就适用于最左边的这个罐子。中间的这个罐子，我们不知道里面有几个红球几个蓝球，当然可以一个个取出来看，去观察，再去推算，这时候是贝奇里耶讲到的大数概率。中间的这个罐子的不确定性肯定比左边的情况更复杂。在最右边，这里不止一个罐子，有好几个，而且发生的时间也是一个序列。我不知道每个罐子当中有几个红球几个蓝球，甚至这些罐子的数量和前后的顺序，都会按照时间发生变化。所以说，我们所研究的在宏观经济学当中面临的各种不确定性，可以很好的用右边罐子的情况来说明。我们把最左边的情况叫作风险，中间的情况是有模糊性和有更大的不确定性，而最右边情况是更加复杂的更大的不确定性，我这里就最右边的情况展开来谈。

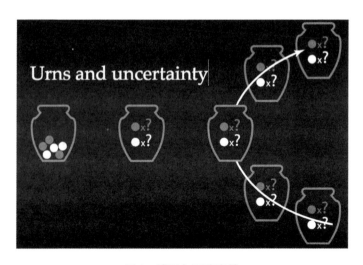

图1　罐子与不确定性

不确定性与怀疑论

图 2　不确定性与怀疑主义

　　图 2 是一本书的封面，里面的人在玩游戏，大家都有赢的概率。这里很好玩的是，最左边那个人在后面还藏了两张牌，右边这个人不怀疑，也许这个女士应该怀疑，所以这里的题目是不确定性和怀疑主义，什么意思呢？我们在建模的时候，这些模型从定义上来讲不能够完美地去反映现实，都是简单化了，所以从某种程度来讲，这些模型可能都会出错。在经济学当中建模的时候，当然会告诉我们关于未来的一些事情发生的概率，但是这些模型都不是完美的，都是有缺陷的，只是说模型本身的错误可大可小，但是我们必须要意识到这些模型很有可能是被误定的。所以我们

使用这些模型的时候，自己一定要动脑筋，带着怀疑主义的精神，不要被这个模型欺骗了自己的眼睛，有可能这些模型本身也会出错。

决策理论的先驱者

模型有了，你也去用，也知道这个模型可能会不对，但是这个模型为什么不对，它们怎么不对？所以接下来我想谈的是决策理论。我觉得决策理论正是由于奈特、德菲尼蒂、瓦尔德、萨维奇等这些学者的积极贡献，成为当今经济学当中非常丰富的领域。在20世纪20年代的时候，奈特对风险和不确定性做了一个重要的区分。风险是指我们已经知道它的概率有多大，而不确定性就是我们还不知道它发生的概率是多大。德菲尼蒂在1937年的时候做了进一步的工作，提出一个概念叫作主观概率，并且打下了坚实的基础，后来由萨维奇来补充。主观概率就是说这个概率可以由某人自行猜测和推算，这种概率跟我们平时讲的概率非常不一样，所以他提出主观概率这个概念，也开辟了经济学和统计学当中一个新的领域，叫作贝叶斯模型理论，应用于不同的学科，所以德菲尼蒂和萨维奇这两人对决策理论做出了很多的贡献。但是，在我仔细阅读他们文献的时候发现，他们对于自己解决方案的质量都提出了非常中肯的判断。德菲尼蒂也知道自己的模型不是特别完美。比如，我有 A 模型，也有 B 模型，如果我不知道的话，可以去做每一个模型的主观概率，但是我一定要先做一些敏感度的分析，然后才能知道到底我的主观概率判断得好不好。萨维奇也是一样的，他也对自己的理论做了一些中肯的总结。他说理论不一定要有很多复杂性，如果有太多复杂性，可能就不是特别适用了。当然，瓦尔德也提出了非常多的理论，对不确定性做了更加综合和概括的分析，他的贡献与奈特是一脉相承的。这四位大师都从不同的角度研究了不确定性。

不确定性的影响和后果

接下来我们谈一下这一切的影响和后果。先来看一下模型之内，因为我们要研究金融市场，金融市场有许多的投资者和交易员，都在我们的模型之内，还有像消费者、企业、政策制定者，他们也都是要应对这个不确定性的。我们现在已经知道人们有很多种不同的方法去研究和分析不确定性，它对于我们的经济和社会又有什么样的影响后果和意义，这是我接下来要讨论的。我所研究的领域是金融经济学，这里面有一些研究分析风险溢价，或者说我们对风险怎么样来定价，也有一些模型。随着时间的推移，有的时机好，有的时机不好，有的市场是牛市，有的市场是熊市，所以在不同的市场和时间环境下，有风险的溢价和风险的波动。问题在于我们是不是能够充分地解释。根据不确定性的大小来定价，我们其实发现两边是不对称的。在年代不好、经济不景气的时候，我们对风险的定价会比较高。我们看到一些风险，包括人们的行为也会对这个风险感知产生影响，并不能够完全由模型来解释，从市场上来讲，投资者面对这种不确定性，往往反应非常复杂。人们在自己的脑子里面对于未来到底会怎样、这个市场有没有潜力，有着自己不同的观点。举一个例子，假设我们现在经济的总体增长趋势是不确定的，就好像扔一个硬币，今天扔出来是对我有利的，我的 GDP 可能就高一些，明天扔出来是不好的，GDP 增速可能就会非常低，这也是一种模型，也可以找到其中的一些基于数学的关系。但是现在你是一个个体，你就要想了，在这个时候该用怎样的模型去分析呢？你可能就会选一个比较利好的模型，反过来，在市场不景气的时候，你又会用怎样的模型去分析呢？其实都是带着自己的行为偏好的。所以人们应用模型时候的体会是有波动的，在年份好、年份不好的时候，我们应用的模型不同，肯定对于经济和金融市场分析的结果和结论也都不同。尽管人们对风险的一些偏好和年份好不好时候的模型切换是主观的行为，但对市场也会产生作用。

我们再看一些模型之外的风险和不确定性。这里要提到哈耶克，他也是诺奖的得主。他在 1974 年写的一篇诺贝尔奖获奖感想时谈到了经济和科学的实质。哈耶克比我要悲观一些，他觉得模型只能适用于量化的分析。但是我的观点是，我们还可以合理地运用模型，而不仅仅是做量化分析。哈耶克那时候就说，很多人都想影响政治家，希望对他们有利好，市场可以有信心，他说有很多人都自诩能够影响市场，影响现实，产生他们希望的影响力，其实并不然，是有很多限制因素的。哈耶克这些话是非常现实的，并且也是把我们对于政策分析的偏好摆到桌子上来，去掉了它的一些光环，如果你太过注重政策，用自己的权力去操纵这个市场，结果可能非常危险。这里还要提到一位经济学大师弗里德曼，他说："正如乔希·比林斯多年前所写的那样，'大多数人的麻烦不是出于无知，而是在于知道太多似是而非的事情。'此乃对整个经济学的贴切评价，尤其是对货币经济学而言。"他这里提到的乔希·比林斯也是一位美国的大师，也就是说，问题并不是无知，而是虽然知道很多事，但是这些事情并不像想象的那样。如果说政府的智囊团和政府的顾问都不去了解经济当中的不确定性，而认为他们可以无所不为，那就会非常危险，所以弗里德曼属于新经济自由主义学派。

可以说系统性风险在金融危机发生之前，大家都没有过多的关注，在我们经济文献领域之中，其实也缺乏对系统性风险的充分分析和研究。我觉得系统性风险听起来更像是一句口号，比方说在金融市场当中，为了让一些干预能够合理化，有了像系统性风险这样一些情境。可以看到，由于它的研究现状，我们用它再去指导和监管金融市场的时候，却缺乏实际指导意义。比如说像英格兰银行的监管，确实是根据自己非常有限的知识和了解去进行系统性风险的监管，包括联邦储备委员会的委员塔鲁洛，但这是包含了非常多的不确定性，所以我觉得未来的几年时间之中，经济学界会越来越多地关注系统性风险这个话题并取得一定进展，我们应该有一些非常精辟的理解和研究，从而帮助我们遇到问题的金融市场从中受益。我们同时看到，关于系统性的不确定性，其实复杂的问题并不一定需要复杂的解决方案，为什么这样说呢？我们可以去创建模型，比如说对金融领域或者是宏观经济进行建模，这是一个开放性问题，也就是说这些模型的关联性如何，如果一个模型会给我们非常精准的指导，但模型却不正确的话，就会使我们基于这个模型的政策指导带来过度的反应，所以我们必须对一系列的模型进行测试，找出其中最佳的模型，而不是就唯一一个模型找到正确的解决方案。所以我觉得非常重要的是，首先承认不确定性的存在，要去拥抱不确定性带来的结果，然后才能够找到合理的政策解决方案。

另外一个例子，下面是一个数学公式，如果现在你们都是我班里的学生的话，一看到这个公式就会紧张，其实它就是巴塞尔Ⅲ，我们现在金融监管就是基于这个数学公式。不谈具体的内容是什么，大家都会显而易见地看到巴塞尔Ⅲ是非常复杂的，那么如何能够简单地去应用呢？我们可以看到在金融市场的监管过程中，首先对银行有了一个资本充足率的要求，我觉得这是一个非常明智而且谨慎的政策。当然，这个政策也有很多的影响，比如说不同资产类别它的风险暴露敞口是多少，相应资本充足率应该是多少，非常复杂。关于资本充足率的讨论，我觉得要配合于商业周期。我们的信用周期与商业周期之间有时候也是脱节的，所以才会看到巴塞尔Ⅲ这样金融监管的政策最终也是非常复杂的。

$$K = 2.33 \cdot \sqrt{h} \cdot \sqrt{\left(\sum_i 0.5 \cdot W_i \cdot (M \cdot EAD_i^{\text{totat}} - M_i^{\text{hedge}} B_i) - \sum_{\text{ind}} W_{\text{ind}} \cdot M_{\text{ind}} \cdot B_{\text{ind}} \right)^2 + \sum_i 0.75 \cdot W_i^2 \cdot \left(M_i \cdot EAD_i^{\text{total}} - M_i^{\text{hedge}} B_i \right)^2}$$

再看一下货币政策，弗里德曼倡导简单规则，之所以推崇简单规则是因为他认为在货币传导机制中存在长期、多变的滞后性。人们对于弗里德曼的说法并不是特别的了解，也就是为什么要使用简单的原则，难道是根据现在已知的这些信息所建立的原则吗？按照弗里德曼倡导的简单规则，美国推出的是零边界金融政策。如何采取一些具体办法，脱离目前金融监管的困境，当前的货币政策也指出，要提出关于利率政策等一些前瞻性引导，它的前提也就是要给予非常简洁清晰的政策。但是，现在美国有关政策的执行情况怎么样？它的整个政策越来越不清晰，最终让人们也产生了各种不同的政策方面的理解和执行。所以如果前瞻性的指导越来越模糊了，出现偏差的可能性就会越来越大。基于政策透明度带来的前瞻性的指导也难自圆其说。关于政策制定的本身，我相信对于私营部门也会产生重要影响。

我推崇的是开放和自由贸易的政策。上海正在进行自贸区的试验，我认为这是正确的，而且应该在中国其他区域更大范围实施。如果它基于简单和透明的原则，将会有更好的效果。未来中国金融业的发展也会面临很大的挑战。对于中国的银行体系而言，允许民营银行的加入和竞争，能够帮助新创建的企业更好地融资。

对于民营银行来说，与国有银行进行竞争的时候，也应该基于公平透明而且是简单的市场原则。我相信中国政府未来会在这方面建立非常积极有效的政策。

在这里给大家做一个总结，我希望给大家介绍关于不确定性的两方面的观点。一方面是存在模型之外，也就是关于统计学的一些外部原则；另一方面是模型之内，包括投资者、企业家和消费者在应对不确定性的时候是怎么做的。我觉得不确定性是一个非常宽泛的概念。第一个就是模型的风险，如果在未来事件之中有一个确定性概率的话，我会把它认为是模型的风险。第二个就是模型的模糊性，对于每一个模型的可信度是多少，使用的模型是否正确，我们并不是很确定，存在模糊性。第三个方面最具有挑战性，就是关于模型的误设，也就是说经济学家所使用的模型有可能已经是错误的。有时候模型从它的定义上来说就是对现实的一个简单化的抽象总结，因此对于整个模型的应用或者设置不要有太过于简单化的前提和假设。最后，简单方案可能是解决复杂问题的最佳办法，看起来似乎是违反我们的直觉，但这是考虑到我们理解的局限性所提出的一个观点。关于解决方案，我们有的时候应该尽力让它更加简单，减少整个政策所影响的领域，或者减少一些模糊政策的执行。我用一个创新的方式去介绍了不确定性，希望能够对经济政策的分析和制定提供更多的指导。

（2014 年 6 月 18 日）

TCL 国际化：要胆略，更要创新

李东生

　　李东生，TCL 集团董事长兼 CEO，创始人，兼任中国电子视像行业协会会长、中国国际商会副会长、广东家电商会会长、全国工商联执行委员等多个职务，曾任中共十六大代表及第十届、第十一届、第十二届全国人大代表。荣获过全国劳动模范、五一劳动奖章、CCTV 中国经济年度人物、中国上市公司最佳 CEO、CCTV 中国经济年度人物十年商业领袖、2004 年全球最具影响力的 25 名商界人士等诸多荣誉。

过去 30 多年，通过改革开放，中国逐步和全球融为一体。除了经济上，整个社会，政治、价值观等方面都更加趋同。而且整个世界更加接受中国，中国在全球也有更大的影响力。这些都是中国经济成长的结果。中国经济的国际化，其主体还是中国企业的国际化。

TCL 的国际化

TCL 国际化最早的萌芽产生于 1987 年我访问欧洲、访问飞利浦。1987 年，因为与飞利浦的合资项目，我第一次跟着当时广东省惠阳地区的专员到欧洲访问，感觉是刘姥姥进了大观园，看飞利浦这样的公司，抬头都觉得看不到顶。恰逢当年是飞利浦成立 100 周年，他们送了我一个礼物，是一个做灯泡的女工的雕塑，因为飞利浦是做电灯泡起家的。经过 100 年的发展，它已经成为一个响当当的世界级企业，在电子领域也是一个全球领先的企业。那次在欧洲的访问令我印象非常深刻，虽然我们企业那个时候很小，但是就是那一次访问让我下定决心，要以这些国际大企业为榜样。那一年我正好 30 岁，当时我就给自己立了一个目标，希望在我退休的时候，能够把我们自己的企业打造成一个在全球电子业具有影响力的企业。

TCL 国际化一共有三个阶段。第一个阶段是国际化的探索阶段。这一阶段的起因是 1997 年、1998 年的东亚发生金融危机。其实之前我们企业也有国际业务，基本是出口加工。这次金融危机之后，周边国家的货币大幅贬值，使得企业 1998 年的出口业务受到了很大影响。当时我就痛感如果按照这种模式走下去，虽然产品卖到了国际市场，但这不是真正的国际企业，只是一个加工企业，因为你根本不掌握海外客户、市场，甚至连和他们见面的机会都没有。正是这个时候，我感觉我们企业的国际化应该正式提到议事日程。1999 年，我们在越南进行了国际化的第一次尝试。当时我们设立了越南销售公司，收购了一家电视机工厂，一直到今天，这个工厂依然在运作。虽然 2014 年 5 月越南有一次比较大的反华动荡，但是我们的工厂并没有受到太大的影响。我们的工厂在离胡志明市 60 千米的地方，这个工厂无论和政府还是和当地社区的关系都相处得很好。1999 年我们正式进入越南市场后，开始的 18 个月其实是很艰难的，我们一直在亏损，以至于公司内部有很多意见。当时 TCL 很小，每个月亏损带来的财务压力非常大。我也曾经犹豫过，但是我去了几次越南之后，最后下定决心，这个仗还是要打下去。因为以发展的眼光来看，中国企业国际化是未来的方向。越南是我们比较能够掌控、比较能够把我们的竞争优势向那边延展的市场，如果说这一仗我们都打不胜的话，以后的仗将更难打胜。18 个月之后我们开始赢利，当时我非常高兴，写了一篇《屡败屡战，百折不挠》的短文发表在公司的内刊上。这就是当时的心态和决心。

1999 年，TCL 的电视机已经进入国内前三名，所以我们把最有竞争力的产品——电视机作为国际化的主要切入点。在越南设厂之后，又先后在菲律宾和印尼与当地合作设立工厂，同时在印度和俄罗斯进行了业务拓展，逐步在东南亚和中国周边国家建立起了自己的业务体系。这一轮国际化的拓展当中，TCL以电视机作为拳头产品。这一阶段，尽管海外彩电销量在我们企业整个销售量当中占比不是很大，但却为我们积累了一定的国际化经验。

2004年，我们开始国际化的第二个阶段，通过跨国并购来布局全球业务。2004年之前，我们的国际化拓展主要是集中在亚洲和周边国家。2003年的时候，汤姆逊的彩电业务希望出售，它通过投行找到TCL，我当时就很感兴趣，经过半年多的谈判，2004年1月28日，胡锦涛主席访问法国时，我们签订了正式合同。同年4月，我们和阿尔卡特也签订了收购阿尔卡特手机业务的合同。这两大跨国并购行动，使得我们的业务迅速从中国周边市场进入欧美主要市场，这也是我们并购的主要目标。通过并购，我们强势进入到欧洲的这两个市场。

当时，对我们并购活动的评价比较多，直到今天还是有各种各样的评价，这当中确实有成功也有失败，有经验也有教训。如果大家对电子工业历史有了解就知道，汤姆逊彩电业务是由欧洲汤姆逊和美国的RCA两块业务组成的，而美国的RCA业务原来属于GE，GE1988年时把这个业务和法国的汤姆逊做了一个重组，把这一块业务转让给了汤姆逊，使得汤姆逊成为全球最大的电视机厂商。而汤姆逊把它的医疗电子业务给了GE，后来GE成为全球医疗电子设备最大的厂商。就这一交易，从 GE 来讲，杰克·韦尔奇认为他做了一个非常正确的决定，把一个竞争力往下走的业务让给了汤姆逊。2004 年 6 月份，我有机会在央视和韦尔奇先生一起做一个节目，当时就谈到这个项目。当时我问他，对 TCL 这一并购有什么看法？他说："这件事我没有做好，祝愿李先生能做好，你肩负起了具有全球意义的巨大挑战。"我后来想了想，他说这话的言外之意就是不大看好这件事情。我们的电视机业务 1999 年在香港上市，收购汤姆逊之后，股票市场上涨 40% 多，说明那个时候资本市场是看好的。当然也有很多不看好的，包括我私下征求了一些企业同行的意见。当时我问施正荣先生，专门请他来帮我论证一下，他的态度是偏谨慎的，说这件事情要特别小心。我们请了咨询机构对这个项目做评估的时候，也是两派意见，波士顿比较偏谨慎，而摩根士丹利是比较偏乐观。尽管有不同的意见，最后这个项目从战略上来讲我还是要做。

阿尔卡特项目则是汤姆逊并购的副产品。在我去法国签约的时候，汤姆逊前董事长、后来法国财政部部长、当时的法国电讯董事长，帮我安排和阿尔卡特董事长见面谈合作，结果把阿尔卡特这个项目也定了下来。当年我被评为了亚洲年度经济人物，而且上了《财富》杂志的封面，应该说主流媒体也有看好的。但是随后几年没做好，2007 年 7 月我又被《福布斯》中文版评为"最差老板"。

我想把这件事情的经验和体会与大家做个分享。现在大家对国际化已经没有什么争议了，都觉得这是一个方向，但是如何国际化，有很多路可以走，没有哪一条路、哪一个方法是绝对正确的，关键在于如何把握和操作。通过跨国并购，TCL快速进入了主要市场，在人才管理和企业文化方面的国际化也在加快。产品也从电视到手机，再到家电，整个系列都进入了国际市场。正是因为十年前的跨国并购，使得我们在全球电子产业的地位得到了提升。电子产业界的朋友都了解，十年前大型国际电子展，基本上是欧美品牌一统天下，中国企业缩在一个小角落里，而今天去看拉斯维加斯展、柏林展，中国企业已经是一个很大的群体，我们的品牌和日韩、欧美的品牌可以分庭抗礼，而且很明显地看到欧洲和日本的品牌过去几年都在衰落。在拉斯维加斯电子展，我们的摊位面积和松下、东芝的面积差不多，场面和气势也差不多，当然和三星还有差距。

并购之后，TCL出现了亏损。从1981年创立到2004年，我们的企业从来没有亏损过，而且利润每年都有增长，2005年、2006年却出现了很大亏损，给我们造成的影响非常大。另外，并购之后的手机产业也正好遇到国内市场的逆转。原来并购时，我们的手机在国内销售是非常好的。而并购后，国外品牌在中国市场的份额大幅度上升，国内所有手机厂商都受到很大的冲击，这也是2002年中国加入WTO之后带来的变化。所有这些因素的叠加，使得TCL并购前两年非常艰难。虽然在2004—2008年，产品的销量增幅是非常大的，但企业在2005年开始亏损，这是我们第一次亏损，2006 年亏损更加严重。因为亏损太多，给财务带来巨大压力。那一年我们出售了国际电工业务，一个年赢利 6000 万元的项目卖了 16 亿元，把 2005 年的亏损冲掉一部分。《鹰的重生》一书中的系列文章，就是在 2006 年写的。

2006 年后企业就逐步开始恢复和成长。通过恢复性成长，我们的竞争力在逐步提升，海外销售收入也逐步提升。2013 年，我们的海外销售收入占到总销售收入的 42%，而 2012 年海外销售收入只占到 38%，2014 年第一季度海外销售收入已经超过了 45%。2013 年我们的销售总收入是 853 亿元，利润 28 亿元，预计 2014 年销售总收入应该可以达到 1000 亿元，2014 年的海外销售收入占比将达到 45%，也就是 450 亿元。海外业务的快速成长，根本上还是得益于 2004 年这两个大并购项目奠定的全球业务基础。

从战略上来讲，我们相信这一步我们是走对了。如果没有跨国并购，在过去十年国内手机产业结构调整当中，我们的手机业务也许就被撤并掉了。2013 年我们手机销售 5500 万部，全球市场份额排名第 7，而在国内的销售只有 300 多万部，也就是说 5000 多万部都是在国际市场上销售的。这几年国内手机业务都在亏损，当初最早一批拿到手机生产牌照的 12 家企业现在只剩下了 TCL 一家。现在发展得比较好的都是后来加入的，像联想、酷派、华为等。在彩电和手机领域，我们已经成为全球领先企业，而且把我们的竞争优势向上游进行了延伸。现在，我们在液晶电视面板方面已经成为全球第五大供应商，2013 年我们的液晶电视面板供应量超过了日本夏普。两年后，随着武汉工厂的投产，我们在手机和平板电脑的面板供应方面也将取得相当的市场份额。

2014 年是我们企业的一个转型发展期。年初，我们宣布了"双＋"转型战略，即向"智能＋互联网""产品＋服务"的商业模式转型。当然这个转型也包括全球化，从中国转型到全球转型，这是我们下一步的发展目标。2014 年我们的销售目标是 1000 亿元，整体赢利能力还将进一步提高，这是一个标杆性的事件。2014 年之后的未来五年，我们希望能够实现 2000 亿元的销售目标，其中海外业务销售收入可以超过 1000 亿元。当然，这需要进一步提高我们的核心能力，提高赢利水平。2013 年我们的销售利润率综合算下来只有 3% 多一些，在这个产业里是偏低的，未来我们希望提高综合赢利水平，将销售利润率提高到 5%。

国际化的体会

第一，国际化是中国企业的必由之路。2002 年中国加入 WTO 之后，应该说这个趋势非常明显，中国的进出口贸易总额增长非常快，到 2013 年已经成为全球进出口贸易总额最大的国家。对于中国企业而言，加入 WTO 意味着要全面开拓外部产业和市场，换句话说，就是海外市场对中国企业完全开放，中国的经济也一定会更加紧密地融入到全球经济当中，这是当时我们看到的趋势。在这个大的背景之下，中国企业，特别是在主流产业当中经营的中国企业，如果仅仅是守住中国市场业务的话，很难实现持续发展。这一点，我相信业界应该是有高度共识的。但是如果倒退到十年前，2003 年讨论我们的并购项目时，业内对这一点的看法并不完全一致。当时支持我们做这个决定最重要的一个理由就是："这种趋势一定是一种必然。"既然这样的话，主动国际化要比未来被动应对好得多。那时候，我有一两个月天天都在想这件事情。看清大趋势，看准方向，就会促使你做出正确的决定。

第二，国际化也会给企业本身带来根本性的变化。这十年也是我们企业发展蜕变的关键十年。这种跨国并购加快了 TCL 的国际化进程。从国际化业务到国际化企业，TCL 需要把国际化管理能力渗透到企业日常经营当中。现在 TCL 的管理干部队伍当中，具有国际化经验的人员比例越来越高。这当中有 1999 年开始派到越南、东南亚去历练出来的管理干部，也有在国际化过程中我们招聘的具有国际经验的管理干部。现在 TCL 的彩电、多媒体业务的总经理都是在美国受过教育和工作过的，加入公司也都超过了 10 年。

第三，海外业务快速成长。过去几年我们的海外销售收入增长非常快。在 2004 年的时候，TCL1000 万部手机几乎都在国内销售，阿尔卡特的 700 万部手机主要是在海外市场销售，合起来是 1700 万部。2013 年，TCL 销售手机 5500 万部，其中有近 5200 万部是销在海外，而且集中在欧洲和美洲，特别是美国和欧盟地区，欧洲和美洲是 TCL 智能手机两个最大的市场。这一块海外业务已经成为我们手机业务增长的最重要动力。我们预计 2014 年手机销量会达到 7500 万部，从趋势来看，赢利方面也应该是一个比较好的年景。所以国际化经营的优势，在手机业务上已经初步形成。我们现在需要考虑的是如何能够在国内的手机市场上重新建立起自己优势的问题。通过这十多年的国际化进程，TCL 已经在全球的主要地区和市场形成了自己的全球产业布局。这个布局包括了生产、经营、渠道、客户和服务的能力。我们在中国以外的 8 个国家有工厂，我们的销售和服务体系已经渗透到了全球主要市场。现在非洲这一块稍微弱一些，这是未来需要补充的功课。

国际化要有理性的思维，要谨慎地判断，但是更重要的是要在战略上想明白，想明白之后要有行动的决心。国际化这件事情首先要在战略上想清楚，但是战术上很难想得太清楚。当年并购的时候，我觉得战略上是没有错的。在所有的场合和大家回顾和讨论分享这件事情的时候，我都坚持这个看法，最后事实也证明我的看法是对的，因为大部分中国的大企业今天都在加快国际化布局。但是，国际化怎么来做，特别是在十年前的当时，没有办法想得很清楚。换句话说，如果当时能够把风险、亏损这些事情想清楚，可能我就不敢做了。所以把战略想清楚，然后坚持去做，就一定能够在最后达成你的目的。

从战术上来说，我们确实犯了很多错。如果说现在对这两个案例复盘的话，我们肯定可以找到更加有效的方式，以更小的代价把它们做好。所以，战略上想明白后，对企业来讲最为可贵的就是要坚持。只要战略方向上没有错，你会走出来。如果没有当时这两个跨国并购，今年我们的彩电销售不可能仅次于三星和 LG，成为全球第三，更没有机会和能力去筹集那么多的资源进行相关核心零部件的建设。彩电在全球地位的不断提升，促使我在四年前下决心建设华星光电液晶面板生产线。2010 年年初这个项目动工，目前已经完成投资 245 亿元，现在正在建设一个同等规模的彩电厂，总共投入了 500 亿元。在武汉，针对手机液晶面板，TCL 再投资 160 亿元。从手机业务来说，虽然总量上略微落后于华为和中兴，但是它们还有一部分代工，而我们一直是以 TCL 和阿尔卡特这两个自有品牌来销售，就是因为收购阿尔卡特时拿到了一部分手机的核心专利，这使得 TCL 在 2004 年之后，可以在欧美这两个专利管制非常严格的市场上开展手机业务。所以在这两个市场里，TCL 和阿尔卡特的销量一直在中国品牌当中处于领先地位。

跨国并购的反思

在具体的操盘上，我们对实际的问题确实估计控制不足。当时国际投行还是看好 TCL 的并购活动。如果说做一个股权融资，再拉合作伙伴一起来做的话，成功就会更加容易一些。当时我太过自信，认为自己手上的资源够，不愿意融资，而是选择了银团贷款。银团贷款在企业赢利好的时候可以让股东收益更好，因为任何股权增发行为都会摊薄股东权益，但是如果赢利不好，银团贷款就是炸弹，因为贷款都涉及财务条件，一旦违约就有权要求提前归还，这个时候企业的压力就很大。我最难的时候就是2005—2006年，真的是屋漏偏逢连夜雨。

跨国并购比较困难还有人员储备不足的问题。这是一个两难问题，到底是先有人，还是先有舞台？TCL没得选择，得先把这个舞台搭起来再招人。后来的事实证明，大的并购业务如果搭完台再去找人是很困难的。在两个业务并购中，汤姆逊彩电业务给我们带来的损失和压力更大，整合的时间更长，最根本的原因是它处于业务的转型期，原来那些人也无法适应，很多人离开，而自己培养人又需要时间。阿尔卡特后期运行比较顺，因为核心团队都保留了下来，都没有流失，甚至有些人在中国建立了家庭，一些人还学会了讲中文。

通过并购，TCL形成了一个国际化的团队。在当地还是要依靠当地的人。并购后的阿尔卡特团队基本保留下来，如果这支团队靠我们国内去组建或靠海归人员来搭建都是比较困难的。2013年我们手机业务重大的突破是在美国取得的，阿尔卡特原来在美国的业务是零，我们在稳定欧洲和南美业务之后，四年前全力以赴拓展美国业务。我们在美国请了一个当地的总经理，组建了一个以美国人为核心的团队。经过三年努力，2013年实现了突破。我们卖了500万部智能手机，有2000多万美元的赢利。我估计2014年在美国可以卖到1000万部智能手机，赢利会更好。当然产品技术能力、工艺能力的提升也是一个原因。

在市场转型时期，并购一定要非常谨慎。如果当时彩电市场不是从显像管向液晶面板转型那么快的话，TCL 应对起来也不会那么吃力；如果手机市场不是从 2G 向 3G 转型那么快的话，TCL 也不会受到那么大的冲击。所以，并购一定要充分考虑技术转型带来的风险。当时我们根本没有掌握液晶电视技术，还指望并购汤姆逊后拿到它的能力，后来发现它也没有这个能力。然而转型很快到来，当你背负着两个很沉重的转型任务时做起来自然就更加吃力。

应该对相关国家的法律法规了解得更透一些。这主要是讲欧洲。当时做重组的时候，尽管我们按照法律规则，估计了在最坏的情况下重组需要多少成本，但是，后来发现在美国可以这样，在欧洲却不是那么简单。在欧洲，企业要解雇五个人以上就必须和工会谈判，取得工会的同意。而和工会的谈判会非常艰难。比如，企业要优先保留那些解雇以后很难找到工作的人，虽然这很人性化，但却意味着必须首先解雇优秀的人，保留那些能力差的人。我记得 2005 年欧洲公司要重组的时候，我要求从汤姆逊留下来的欧洲经理提出一个推进计划，并按照计划进行，结果半年多一直没有进展，因为方案一直没有被工会通过。

企业国际化应该先易后难，由近及远。我们先从周边国家市场做起，然后逐步扩展到欧美市场，有了并购机会就要紧紧抓住。在交易的时候，无论是汤姆逊还是阿尔卡特，我们的交易结构总体设计还是比较好，做得比较漂亮。当时汤姆逊业务比 TCL 大，净资产也比 TCL 多，大概是 TCL 的两倍，但是按照赢利能力估值，

TCL 估值比它高一倍，而且 TCL 是增发股份来收购它的业务，等于说 TCL 没拿一分钱，把彩电业务的 1/3 股份给了汤姆逊，就把它的业务和资产拿过来。与阿尔卡特的交易结构也不是说花钱买它的资产，而是把它的亏损业务和手机相关的核心专利放进来，成立一个新的合资公司，阿尔卡特再拿 4500 万欧元，TCL 拿 5500 万欧元，整个交易结构我们支付的代价比较小。当时 TCL 还不大，也没多少钱。如果不采用这样的交易模式，恐怕也做不下来，这也是给逼出来的。

在国际化并购整合过程当中，一定要以自己为主。TCL 十年前看欧美企业还是比较习惯仰望，但是后来发现不行，一定要有自信，要按照自己的经营方式来整合业务，整个企业运作也一定是要以自己为主。当然，也要按照当地的规则来运作，充分尊重当地员工，发挥他们的积极性。所以到了后来，我们经常会做企业的团队培训，包括一些团队拓展，尝试着请那些法国人、美国人来参加，一些人开始不太适应，说这个东西多少年没搞过了，但搞了几次之后，慢慢大家也可以接受了。现在留在我们系统里的那些外国的同事，他们对中国企业的文化基本能够接受，大家互相尊重，互相沟通。外籍人员流失主要发生在早期，最近这些年都比较稳定，而且工作状态也不错。

中国企业国际化还任重而道远。虽然中国进出口贸易额是全球第一，中国四大银行、"三桶油"、三个通信公司在业内和全球都处于世界五百强前列，但是这些企业的国际化程度并不是很高。

这也意味着整个中国经济在全球经济格局当中应该还有更好的表现。在我们这个行业里面，华为、联想的国际化做得比较成功，真的是能够在海外渗透下去；TCL、海尔以及一大批中国企业仍在继续努力当中。我们的目标，是希望未来几年使海外业务的比例超过我们整个公司业务比例的 50%，而华为实际上早就已经做到了，而且有比较好的赢利贡献。在这一轮国际化当中，非国企公司可能会扮演一个更加积极的角色。因为国有企业体制上的制约因素，将会很大程度上影响中国国有企业国际化的效果。

目前的全球产业环境和经济环境对中国电子企业国际化还是具有比较大的挑战。回想一下 30 年前日本企业国际化的时候，更多是靠欧美企业让出的产业和市场。这种调整是美国、欧洲在一部分产业当中主动退出，主要是消费电子，让日本有了机会。后期韩国企业追了一个尾巴。而中国企业现在很难，上面有韩国企业、日本企业，它们不会退出这个领域。现在退出的主要是欧洲企业，生产领域在逐渐收缩。但是，韩国、日本都要去竞争，整个市场已经被一些大公司占领，根本没有当年日韩企业的机会，因此中国企业只能硬拼。这就是中国企业在这个行业里面临的一个现实状况。韩国政府的产业政策对韩国企业的支持力度很大，但由于中国市场和经济结构特点，不可能像韩国有那样的支持力度，我也认为中国不太应该这样做，所以更多还是要靠企业去打拼。中国企业真正考虑国际化还是在 2000 年以后，所以国际化经验的积累还是比较少。我们与日本、韩国在中国的高管接触时发现，他们都是曾经十年前在美国，或者是十五年前在欧洲工作过，有很长时间的国际化经验积累。另外，目前中国企业的综合实力和品牌能力还有待提高。

当然机会也是有的。特别是"智能＋互联网""产品＋服务"的新模式带来的新机遇。中国在互联网领域和美国还有一定的差距，但是和欧洲、日本相比并不差。所以在我们这个产业里面，智能互联网技术、云技术应该是中国企业可以超越竞争对手的一个机会。中国企业的核心能力也正在快速提升。在电子信息领域，重资产产业主要是两个，一个是半导体芯片，另一个是半导体显示，包括液晶面板。当年，对于像芯片、液晶面板这一类技术和资本密集的产业，中国企业都难以企及，而今天，中国将很快成为世界主要的液晶面板生产国家，而且生产的主体是国内资本。最近，国家宣布要成立一个 1000 亿元的集成电路芯片产业基金，我相信再过几年，芯片产业也会成为中国的一个重要产业。

中国经济的强大，也为中国企业国际化提供了坚强的后盾。前一段时间，中国工商银行行长带领亚布力中国企业家论坛的一行企业家到欧洲访问。我们到了德国、荷兰和比利时。工行已经在欧洲 11 个国家设立了 17 家分行。早年只有中国银行在欧洲有限的几个大城市有分行，而现在仅工行一家在德国就设立了 4 家分行。这种平台性的资源也为中国企业发展提供了很大的助力。

展望未来，我们说世界是平的，也是"屏"的。因为未来更多的是智能显示，这是我们企业重要的目标，我们会全力以赴去努力，让中国有更多的"智能 + 互联网"产品以及各种各样的显示产品，在全球市场上扮演重要角色。

🎙 ·对话·

问：2005 年、2006 年的时候，TCL 出现了巨额亏损，面对这种压力，您是如何带领 TCL 的团队走出泥沼的？

答：这个问题被很多人问过。首先从我自己的个性来讲，我是一个不会放弃的人，当时确实非常艰难。那一年压力确实很大，但是压力大是因为找不到解决问题的办法，即便是濒临崩溃的时候，我也没有考虑过放弃。我当时怎么走出来的呢？首先要把眼界放大一些，在自己团队的圈子里寻找办法。其实，一件事情你想不到办法不代表真的就没有办法，只是现在你自己没有想到而已，你可以找别人一起来想，也许就有办法了。这件事情现在没有办法解决，并不代表未来也没有办法。只要你坚持下来，办法可能慢慢就会被你找到。2005 年 9 月份，我们高管团队开始召开务虚会，开了六七次，大家讨论到底应该做哪些事，怎么走出泥潭。另外，我也听取我们团队的意见，还听取业界朋友的意见，他们也许不能给你实质性的帮助，但是精神上的鼓励是巨大的，哪怕只是几句温暖的话都是很大的支持。在这样的情况下，作为企业的领导人和企业家，只要自己挺住，别人就很难打败你。人最大的对手是自己，坚持下去一定会有坚持下去的办法，多几个人来想一定会找到解决问题的办法。所以信心、坚忍、开放是非常重要的。

问：中国企业国际化过程当中，除了资产和技术之外，还有人才的并购。在这个过程当中，您认为中国企业该如何吸引国际化人才？

答：除了华人海归之外，中国企业有什么优势可以吸引美国人、法国人、意大利人？我确实想不到有什么太大的优势。对欧洲人来讲，不太愿意有太多的变化，他们希望能够依托一个稳定的、能够持续发展的企业。企业未来的稳定和成长对他们是一个很大的吸引力。如果你给他们这样的信心，欧洲人会比较愿意留下来。所以阿尔卡特这个团队，大部分人都是欧洲的。另外，欧洲的管理团队很需要尊重。当然不能说他们不讲利益，但是尊重很重要，如果你没有给他足够尊重的话，他也未必会留下来。而美国人特别具有一种创新精神，更多追求一种个人自我价值的实现。他们往往会给自己的事业发展设定较高的目标，如果达不到这个目标，或者说这个目标做到最后他觉得没有更多东西让他有激情的话，他可能会选择离开。另外，美国雇员会把利益跟你讲得很清楚，但也不是说唯利是图，他愿意为获取更高收益而拼搏。比如说你给他一个新的开拓性的事业，给他订立一个非常有激励性的 KPI 和奖金制度，他会非常努力地去干。这和欧洲人不太一样，欧洲人更希望一个稳定的生活，更加期望家庭的价值和工作以外的一种人生的价值。当然不能一概而论，会有差别。

（2014 年 6 月 22 日）

互联网金融与信息化银行

姜建清

姜建清，中国工商银行董事长，兼任上海交通大学的博士生导师、中国金融学会副会长、中国银行业协会副会长。1979年加入中国人民银行，先后担任过上海城市合作商业银行（现上海银行）行长、中国工商银行上海市分行行长、中国工商银行行长等职务。

互联网金融是当下非常热的一个课题，我们几乎在媒体上天天看到关于互联网金融的一些讨论，但把这个课题讲好却挺难，因为它仍在不断地向前发展，我们现在也仍在观察。如何在发展中扬利去弊，让它更健康地发展，这还需要一段时间。

今天，我是站在银行业者的角度谈一谈互联网金融与信息化银行。总体来看，我认为这是一种时代变化，也是银行必须迎接的一场挑战。在这个挑战面前，只要能够因时而变，因需而变，挑战之后，无论对现在的互联网企业，还是对商业银行来说，都能够从中获益。

信息技术发展与银行业信息化

目前是商业银行面临转型发展的关键时刻。经过了二十多年的改革发展，今天的中国商业银行都已位居全球金融业的前列。中国工商银行无论是资本、资产、品牌价值都是全世界领先的银行，赢得了投资者们广泛的认可。但在取得这些成绩的同时，我们也非常深刻地体会到，在前进的道路上，仍将面临更加错综复杂的挑战。整个中国银行业也将迎来持续高速成长后的转折点和平静期。

互联网金融对银行业带来的最大挑战是金融职能的挑战。银行作为一个专门的中介机构，是历史进化和社会分工细化的结果。这个行业的历史大概可以追溯到3000多年前。现在有大量的考古证明，在3000年前的古希腊，以及后来的罗马时代就有了银行。那时候充当银行的是神庙，神庙里的僧侣具有比较高的社会地位，社会上比较信任，起到了信用的中介。当时的神庙除了存款，也有一些转账汇款。现代意义上的银行业出现在300多年前，而现代意义上的银行法律法规和银行监管也是从那个时候开始逐渐发展起来的。银行成为专职的金融服务提供者，有利于降低社会交易中的摩擦，降低社会的交易成本。但是，我们看到近十几年来，整个社会出现了一种去中心化、去中介化的浪潮。现在网上讨论的比特币就是对中央银行货币发行功能的一种挑战，其根本是去中心化。同时，金融市场也越来越发达，而金融市场一定程度上也是对金融机构功能的替代。以移动互联网为代表的一些企业迅速向金融领域渗透融合，催生了一种新的业态——互联网金融，打破了银行传统的行业界限和竞争格局，出现了去商业银行中介功能的新格局。这种新格局实际上带来的不仅是对银行类金融机构去中介化，而且对证券、保险、基金等其他金融行业去中介化趋势也比较明显。传统几百年来的理论都讲，商业银行的职能是中介和转换，当中介和转换的职能受到了挑战的时候，业务怎么调整，思维怎么调整，如何顺应大势，中国银行业必须从战略上做深刻的思考。

中国商业银行的科技发展可以说是一日千里的。我进银行的时候，一把算盘一支笔，每天最重要的是早晨练算盘。那个时候，我们银行的劳动模范是看谁算盘打得快，谁打得快谁就是劳动模范。20世纪80年代初的时候，银行开始引进东德、捷克小型的计算机作为计算的工具。在这之前，在20世纪70年代末80年代初的时候，银行还在用新中国成立前引进的一些机械计算机记账，那是20世纪二三十年代在美国和德国生产的，里面都是机械的零件，都是齿轮，竟然能够计算出余额来。这些计算机一直到20世纪80年代初的时候还在银行计账。据说，曾经当过美国副总统、美国大通银行董事长的洛克菲勒先生，在20世纪70年代中美开始交往的时候来中国，到工商银行静安区办事处参观，待在那个机器旁边看了半天。10年前，工商银行搞了银行博物馆，还从仓库里面找到了两台当初机械式的计算机。当时拍了照片，发给生产商美国MCR公司，结果MCR公司说这是他们20世纪二三十年代生产的，现在连他们自己都没有了。可以看到，当时上海作为金融中心多么先进，能够引进全世界最好的计算机。

其实在计算机的使用上，银行从来都是最早的尝试者和先行者。宾夕法尼亚大学研制成功的世界上第一台计算机，有一间房间那么大，去了美洲银行。在IT方面，中国银行业同样是最早的先行者，20世纪80年代就开始采用一些小型机做银行账务处理，那时候银行里面最好的工作就是能够在计算机房工作。最开始用计算机时，我们老是怀疑计算机错了怎么办？银行任何账目都要两次核算，一分钱都不能差，差一分钱花10个小时也得查出来。因此，一到计算机核算，就组织了很多人用算盘进行核对，看它算错了没有，连着核算了三年，算盘和计算机比拼，结果一直没有发现计算机有错误，这才把两道核算取消，改变了银行几十年甚至几百年以来的双线核算制度规定。到了20世纪90年代开始采用大型计算机，但开始是按省布局和管理，省与省之间是孤立的，这个省的钱汇不到那个省去，直到1997年的时候依然如此。1999

年开始，我们进行了一大串的技术改造，把全中国的工行连起来，当然后来把全世界的工行也连起来。全中国第一个电话银行 1999 年也在上海投入使用。为什么使用电话银行？1995 年我到美国去，看到纽约银行业先进的经营，回来在工商银行开始推行电话银行，2000 年开始建设网上银行，先是企业用户，再推行到个人用户。

这么多年我们一直非常关注 IT 方面的发展。1995 年的时候是美国互联网金融第一波高潮的开始，非常巧，我在纽约哥伦比亚大学做访问学者。那时候出现了一家美国第一安全证券银行的虚拟银行。当时所有的报纸像今天的报纸上一样，整篇连载的都是互联网金融。基本上的论调就是说，传统银行都要完蛋了，这些 20 世纪的恐龙，互联网金融将把你们全部消灭。这个口吻跟今天有些人的讲话有点像。但问题是，银行会不会改变自己，这非常重要。因为我在那里就找了很多资料，看了很多这方面的东西，回来写了两本书，第一本书写美国银行业的科技革命，第二本书写高科技革命及其深层次影响。当时我就开始关心和研究怎么把信息科技用到中国来，用到银行上。其实这些年，中国银行业在互联网金融和信息化方面走得非常快。像工商银行现在所有业务处理全部是用计算机，以网上银行为主的电子银行业务笔数占比达到 81%，而且每年增长 5 个百分点，并不一定能做到 100%，基本上 90% 多是指日可待了。2013 年工行网上银行交易量 380 万亿，中国电子商务的交易差不多 1 万多亿。现在使用工行网上银行、电话银行和手机银行客户都是以亿为等级，网上银行 1.8 亿，电话银行 1.1 亿，手机银行 1.3 亿。工行现在的数据中心已达到国际最先进水平，一个城市两个大数据中心同时运行，全球唯此一家可以分钟级之内实现完全切换，这个几乎是不可想象的。现在 IBM 经常推荐别的大型银行做到工行这样的安全等级。另外，工行全行的科技人员 1.3 万人，我过去开玩笑说，将来银行的工作人员要么是懂科技的业务人员，要么是懂业务的科技人员，大概就两种。工商银行的科技专利在中国银行业占比 46%，我们独此一家。从这些变化来说，中国的商业银行现在也越来越强大，其科技投资保持了高强度，科技的发展一日千里。可以说，中国商业银行基本上完成了银行信息化的过程，为什么还会担忧互联网金融的逆袭呢？

商业银行信息化与互联网金融

这里探讨一下商业银行的信息化和互联网金融的比较。银行业过去一个阶段完成的叫商业银行信息化，下一个阶段叫信息化银行。一个是银行信息化，一个是信息化银行，主谓语调整了，意义完全不一样。互联网和大数据技术迅速改变的是传统商业的流通和交易模式，同时改变了消费者的交易习惯。随着互联网进入了社会、生活各领域，导致商业模式理念甚至是文化上的一系列变化，虽然线下的物理渠道远未消亡，但是线上线下此升彼降的这种变化趋势，使人们对未来产生了憧憬或担忧。有人说，互联网金融就是金融，不是简单理解为用互联网办金融，它的金融服务更加尊重客户体验，强调交互式营销，主张开放平台和具有快速交互等特点。互联网金融公司这些年来快速地发展，为了获取消费者的青睐，采取了令人眼花缭乱的技术方案和营销策略，确实是吸引了不少眼球，但是不是能够稳固自己的客户基础呢？这恐怕还有待未来检验。但不管怎么说，商业银行确实已经受到了严重的挑战，互联网金融对商业银行固有的观念和文化、经营模式形成了颠覆。互联网金融形态下的消费者，较大程度地掌握了信息的主动权，他们主动寻找自己想要的产品和服务，不再那么忠诚于自己的开户银行，也不一定听从银行销售的引导，有的客户掌握的信息甚至不比银行销售人员少，所以传统银行与客户之间的关系正在被破坏，加上商业银行自身的一些特点，以及对过去的发展成就形成的一种路径依赖，对支付中介与融资中介的整合不够，因而未来的商业银行必须根据互联网金融模式的变化，积极进行创新求变。银行是一个变化的行业，3000 年来，或者 300 年来，它之所以能生存并发展到现在，是因为它的因时而变、因需而变。对于任何企业而言，适者生存就是适应消费者的需求才能生存。

对于商业银行和互联网金融而言，未来的发展应该是殊途同归而且战略重叠。回顾 1995 年，当时互联网的兴起，有人说鼠标打败砖头，但为什么后来出现泡沫，为什么结果是没有打败呢？那个时候的互联网金融是从银行一端发起的，但是它没有商务活动这个砖头基础，所以它失败了。这一次互联网金融则是从两端发起。银行从客户端发起，银行有大量的客户，客户进行商务活动，产生资金流，进而有商品流、信息流，从而需要支付、融资，再到其他的金融服务。互联网企业从交易端发起挑战，借助电子商务和信息技术的优势，从而掌握了客户的资金流、信息流，进而延伸到客户的支付融资等金融领域，并从简单的支付渗透到转账汇款、小额信贷、现金管理、资产管理、供应链金融，以及基金、保险、证券代销等银行的基础业务，两者在金融领域相遇了，所以两者在转型方面出现了战略的重叠，从合作者成为竞合者，根据两者的利益多寡，将来有可能竞争大于合作，有可能合作大于竞争，也有可能有时候是竞争者，有时候是合作者，各种情况都有可能。

互联网金融发展导致的第一个问题就是前面提到的去中介化。历史上，专职支付中介机构的出现是为了解决交易过程主体的转换，降低交易成本，提高支付效率，促进贸易的繁荣。其实，当非现金支付行为出现后，支付就不再是单纯的商品交易行为，还是信用行为。因为在支付过程中，除了我买东西你给现金这种方式外，在支付过程中钱货就存在时滞——时间上的不一致，这个时间上的不一致实际上就是信用，所以在商品交易过程中也实现了信用的交换。在国际贸易中经常会看到，一个企业的海外业务需要开立银行信用证，中国很多的小银行开的信用证经常被拒绝，不得不找工商银行重开，原因就是国际上不承认这些小银行的信用,怕万一有纠纷打官司。在过去的信用体系下,商业银行作为支付账户的特许经营者,成为连接不同账户之间的起点和终点。也由于经营信用的核心特征,监管机构要对银行进行监管,严格准入退出管理,在这种情况下使得银行不得不承担一定的成本。今天,中国在监管上面确实有一些难题。中国已经成为全世界最大的支付市场了,有250多家第三方支付的企业获得了支付业务的许可证,其中具有办理网络支付业务资格的机构达到了100家。这些企业的创新发展非常快,目前排名前几家的支付机构业务笔数、金额、用户数都在全球领先,从事的业务范围包括投资理财、小额信贷等,覆盖了承贷汇等银行传统业务领域,触角也开始伸向基金、保险等金融衍生产品。坦率地讲,这个业务范围在全世界也是最广的。在这样的情况下,商业银行确实面临着比较大的压力,因为这些支付机构借助相对宽松的监管环境,利用一些低价策略和与多家银行系统直连的竞争优势,进一步加快了对商业银行支付去中介化的趋势。2013 年统计,商业银行支付金额 1075 万亿元、257 亿笔,而第三方支付金额是 9.2 万亿元,虽然支付金额不大,但笔数是 167 亿笔。尤其在跨行支付方面,因为受阻于银行间不能跨行清算和直连,只能通过中央银行的限制,商业银行的跨行支付为 21 亿笔,而第三方的支付达到了 153 亿笔,这些都是非常大的变化。

为什么像这种支付机构在西方并不是太多?主要是监管非常严格。美国对货币服务企业,专门有一个《爱国者法案》,要求第三方支付机构需要在美国财政部的金融犯罪执行网络注册，接受两级政府的反洗钱监管，保存所有交易记录，不得从事类似银行的存贷款业务，不准擅自留存使用客户交易资金，保持交易资金的高度流动性和安全。对于第三方支付机构而言，所有这一切的合规成本非常高，所以导致多数企业不敢进入。目前，中国对创新比较宽容，有些监管还在讨论。总体来看，确实造成了中外第三方支付发展的差异性。

第二个问题是支付账户和存款账户的混淆，进而造成了金融机构边界的模糊，这也是很多学者目前讨论的问题。从全世界金融业的发展历程来看，存款业务多数为商业银行特许经营的业务，受到严格的监管。客户将资金放在银行，实际意味着客户对银行体系的信赖和托付。现在中国的第三方支付企业，或者一些网络企业自身也构建了虚拟账户体系，形成了支付性存款账户。账户法律属性的不清晰会带来一些问题，比如说，没有有效的实名身份认证，无法在法律上有效认定其权利所有人，缺乏对账户以及账户内资金的转让处置方式，对账户自身的利息也没有规定，另外，吸收了存款，办理了结算业务，却没有交存准备金，没有进行流动性管理，等等。这些问题带来了很多挑战。网上有些学者指出，现在互联网同货币基金的结合，客观上提高了社会资金的成本。总体来看，中国互联网金融发展的过程当中存在一堆新问题，包括监管政策、货币政策、宏观政策等方面面临着一系列新情况、新问题、新挑战，需要理论和实践上深入探讨。整体上要扬利去弊，保证中国互联网金融的健康发展。

大家讨论比较多的还有易付问题。在支付的过程中，互联网做得比较好，普遍使用了快捷支付方式，减少了操作环节。但是，由于注重支付的便捷，互联网企业安全认证方面普遍采用了弱认证的办法。当支付金额小的时候，客户的损失风险还是可控的。但是，这种弱认证方式如果没有一个法规的限定，有可能给客户造成较大损失，所以监管机构也出台了专门的法规，要求做好支付便捷和安全之间的平衡。总体来看，要兼顾安全和效率，对单笔金额比较小的可以采用一些弱的认证方式，所以才有了5000元上限。有些人认为这是为了限制互联网企业发展，监管机构考虑问题不会这么单一，而是考虑整个金融体系。当然，银行过去对客户体验确实重视不够，片面强调客户安全性，一概采用比较高的等级来处理一种小额资金的支付。在互联网金融发展以后，银行在这方面也有很大的改变，也开始兼顾安全和效率。工行对3000元、5000元以下的支付也开始采取弱认证方式，这就是一个变化。未来这种方面的矛盾肯定会非常多，银行既要关注客户安全，又要尊重客户，便捷体验，需要做好两方面的平衡。另外，还有包括反洗钱在内的支付监管问题，最近法国巴黎银行（BNP）被美国罚款89亿美元，这也是互联网金融领域将来应该重视的一个问题。

第三是线上线下的渠道和移动支付问题。实体商业这几年受到了非常大的冲击。银行业本身也是一个庞大的渠道，工商银行现有1.7万家分支机构，9万多台ATM机，100多万台POS机，这些都是实体的渠道。现在的趋势是离岸业务快速替代渠道业务，已经有超过三分之一左右的客户不来银行了，基本上依赖互联网办理银行业务。中国这方面的趋势已超过了美国。以美国银行为例，2013 年通过电子渠道办理的交易笔数大概占 70%，而工商银行已经达到 80% 以上。另外的趋势是移动支付迅速代替 PC 网。网民中手机上网的比例达到了 78.5%，超过了 PC 网民的 69.5%，而且数据挖掘让我们看得非常清楚，主要是 20～40 岁的客户大量使用手机进行上网，像工行手机银行交易量增速远远超过 PC 网上银行的增速。目前，银行沉溺于网上 PC 端的优势，对移动渠道的研究还不够，缺乏把手机端作为单独一个渠道来建设，安全认证方法也需要进一步改善，因此这些方面对银行还是非常大的挑战。商业银行现在都在抓紧推进移动渠道建设，包括线上的入口布局和流量争夺，线下的跑马圈地和增点扩面。

第四是融资能力和风险控制的问题。商业银行的核心竞争力是什么？是存款吗？存款很重要，但是存款要付利息给人家，这中间转换的关键是贷款，只有把存款转换成贷款了，银行才有收益。通过这种转换，银行让度了资金的使用权，将短期资金长期应用，才能获得中间的收入。这也对社会经济发展起到了重要的促进作用——把储蓄转化为投资的重要作用。互联网企业现在谈的很多是怎样用大数据技术，用大量的信息处理作为开展营销和风险控制的主要依据。互联网企业有大量的客户消费数据，通过网站搜索、收藏、购买记录，然后配合数据挖掘、客户模型行为分析，这种做法非常好，值得借鉴。商业银行的核心竞争力是风险管理，对风险具有较强的把控能力，这是实现商业银行功能转换致命一跃的保障。商业银行有很多客户经理，风险控制偏重于专家团队和专业经验，偏重于现场调查和数据分析，这些都是银行的优势。但是，也存在弱点。相比于大数据分析，由于现实生活的复杂性，商业银行的客户经理难以掌握到足够的信息，所掌握的信息是碎片化的、不全面的，与客户之间仍存在较大的信息不对称问题，所以可以把互联网金融这一端的经验和银行经营结合起来，和银行的风险管控结合起来，利用大数据进一步加强我们银行的风险管理体系。

所谓大数据分析实际上是寻找企业和个人全面的、完整的、动态的、历史的和实时的数据，以此为基础进行分析。但是互联网企业也存在问题。互联网企业的数据更多的来源于网站，但是，问题一是40岁以下的年轻人可能网站购物比较多，问题二是消费者不仅仅是在一个网站上购物，有的喜欢淘宝，有人喜欢京东，京东和淘宝之间的信息显然无法共享，问题三是就算网站能够知道消费者所有购物信息，但也无法知道消费者的投资信息和劳务信息。从企业来说也是这样。企业销售并不能代表它的财务状况。银行端过去掌握企业的信息更多体现在财务状况、成本状况、效益状况等方面，但是对企业的商务信息掌握并不多。大数据分析对银行非常重要的启示是，银行拥有庞大的信息数据库，强大的系统，但是现在各种系统之间的整合却不够。这与银行信息技术的发展阶段有关。过去很多银行都是分系统一个一个建立的，子系统彼此之间的整合程度不够，专业分割、标准不一、架构复杂、流程过长，数据重复、短缺闲置和浪费并存，这种情况下就造成数据条线化、局部化、碎片化。所以，现在的问题是，互联网企业即使像银行一样具备了社会最好、最完整、最具有历史性的信息，但是如果不知道怎么去收集、处理和挖掘信息，同样会事倍功半。在这样的情况下，未来的银行不仅是数据银行，更要是数据分析、数据解决的银行，在数据中获得洞察力，摄取价值，赢得明天。

银行信息化到信息化银行

第三个部分探讨一下从银行信息化到信息化银行。如果说银行过去走的是信息化的道路，那么现在已经接近尾声，必将加速进入信息化银行建设的阶段。这里的信息化银行建设包括互联网、大数据在内的信息科技以及与金融模式的高度融合，进而再造银行核心竞争力。从银行信息化到信息化银行，不是简单地信息技术升级和应用拓展，而是通过信息的集中、整合、共享、挖掘，使得银行的经营决策和战略制定从经验依赖向数据依赖转化。具体来说，在理念上，要颠覆银行传统的观念和经验的模式，建立分析数据的习惯，重视大数据开发利用，提升全行的数据质量和管理；在战略上，坚持客户和市场为中心，信息流为导向，资金流为主线，物流为基础，以网络化移动银行为方向，重构移动银行的体系；在业务上，以虚拟化、便捷化、客户自定义为方向，调整业务流程体系。这是一场非常大的转变。商业银行已经面临从支付中介和融资中介服务向综合化信息服务中介发展的转折点，能不能实现这次转折，关系到商业银行未来十年乃至更长时间的生存发展。面对环境变化，商业银行要运用好大数据，重新来发现和铸造新的银行与企业以及社会关系，用大数据找到那些适合自己银行模式的客户群体，打造和强化银行特有的商业模式。谁能够实现信息化银行，谁就能在银行信息化建设中占据主导地位，谁就能够在未来发展中保持战略优势。

相比互联网企业，银行在大数据时代有以下三方面的优势。第一是银行具备金融特许政策优势。银行就是进行金融活动的，天职就是做好中介转化，尽管受到很多监管，但也有政策给的很多支持。第二是银行具备开展大额、大规模融资业务的有利条件。当企业需要进行一些较大的业务发展时，还是需要实力强大的银行，因为银行背后有强大的资本金支持。第三是银行具备打通集成资金流、物流、信息流，为客户提供功能化、职能化金融服务的有利条件。任何商业活动都源于信息的不对称。资金从银行体系出发，经过周转又回到银行体系，本质上银行应该能够掌握资金流、物流和信息流。未来银行的主要挑战是如何做好信息的收集、整合和处理。就这个方面，没有互联网的思维，没有大数据的技术是做不到信息化银行的。在建设信息化银行方面，工商银行提出了五个 I（五个方面英文单词都是字母 I 打头的）：信息共享、互联互通、整合创新、智慧管理、价值创造。

　　按照互联网企业的提法，就是平台、数据和金融。平台就是跟工商银行所有往来的客户建设一个综合智能化的超级信息平台。在这个过程中，所有信息汇总在这个平台，成为平台上一个个活动的结点，所有结点上的所有企业的所有交易信息、金融信息、物流信息等都体现在这个平台中，从而形成像一个集成电路板一样纵横交错的超级信息平台。工商银行再通过这些数据的挖掘和分析工作，逐步提升信息所蕴涵的商业价值，为客户提供服务。最后，工商银行的服务不再像过去那样就是支付和融资，更重要的是从信息中找出客户所有的需求，提供金融服务。银行是一个金融服务的提供商，所以第一个是"平台"。

　　第二个就是数据，这是信息化银行建设的基石。将来要完善它的标准，提供便捷的信息监测服务和挖掘服务。工商银行目前正在向这方面努力，做了大量的尝试把信息整合在一起，并建立了依靠大数据运用的信贷监控中心。首先把银行全世界的数据集成在这个系统，然后用多维度、全数据对银行的信贷投资进行核实，依靠历史数据和交易协管建立模型进行分析。过去没有交易模型，数据很分散，结果信息集成后发现了大量的问题。像用数据挖掘实行智能营销，通过挖掘这些客户缺什么，进而营销什么。目前累积营销 2691 万客户。大家之前经常收到工商银行办信用卡的短信，可是你早有信用卡了，它还发短信给你，今后会通过数据挖掘来找出那些没有办过信用卡的人再发信息，所有这样的决策实际上都是需要数据定向挖掘来解决。

主动融入互联网金融生态圈

最后简单讲一下银行主动融入互联网金融生态圈的问题。目前中国商业银行已经在建设的有电子商务的 B2B、B2C 统一消费平台，线上线下一体化收单平台，线上线下的 O2O 平台。总的来看，商业银行通过打通资金流、物流和信息流，形成支付、融资和金融服务的完整无缝链接，利用这些金融的生态圈，包括互联网的支付平台，使用大数据技术，推出了大量像小额消费信用贷款和小商户全信用信贷的金融服务。如今，工商银行正在进行这方面的变革，变革的结果将会创造一个移动互联网时代的新型信息化的工商银行。

商业银行的信息化变革，并不是简单地对信息技术进行投资，更重要的是要具有在信息化时代的思维、理念、智慧和能力。今天的中国商业银行，包括工商银行，都重新站在了改革发展新的历史转折点上，如果能够因时而变、因需而变，中国的商业银行就能够在今后的几年内更好地适应市场的挑战，全面发挥信用中介的服务功能。我相信包括工商银行在内的中国商业银行不仅能够破解转型发展的历史命题，突破转型发展带来的瓶颈，而且会进一步形成互联网企业无法赶超的竞争优势，迎来未来十年乃至更长时间持续快速的发展。

（2014 年 6 月 29 日）

底线与荣耀

王 石

王石，万科企业股份有限公司董事会主席和创始人，世界自然基金会美国基金理事、世界经济论坛可持续治理全球议程理事会理事，北京大学光华管理学院以及新加坡国立大学商学院教授。

我的主题是"底线与荣誉"。第一部分的内容关于底线，通过万科早期拿的地——七宝镇的稻田，以及后来发展中遇到的几个重要事件来谈。第二部分关于荣誉，谈谈关于第二次世界大战士兵的荣誉，在剑桥参加皮划艇俱乐部的体会，以及对什么是荣誉的探讨。最后一部分，结合我个人人生的几个阶段，谈谈我的人生选择。

底　线

2006 年 6 月，南方周末在成立 25 周年的时候做了一个活动，对中国梦的实践者致敬，挑选了所谓八个地标，这个地标不是建筑物而是改革开放当中代表性的人物。我很荣幸被作为企业家的一个地标。入选的理由，给了我三个标签，第一个是企业家，第二个是登山家，第三个是不行贿。问这三个标签我喜欢哪一个？我说不行贿是底线，怎么能作为一个标签拿出来呢？如果说这是行业上、社会上大家都认可的底线的话，它就不具备一个标签的功能。既然南方周末认为不行贿具备标签的功能，那我就选了这个。不行贿的标签我还要戴下去，这就是我的底线。那么底线给万科带来什么？

1992 年，万科拿了七宝镇万科城市花园这块地，当时是一片稻田。为什么拿这块地，因为其他地拿不到，或者说其他地即便拿到价格也会非常高，还有很多不确定性。这块地当时的情况是，往上看 100 米，飞机轰鸣而过。我站在这块稻田上计算，飞机飞过的频率最高的时候是每 7 分钟一架。要不要这块地？不要的话，没有其他的地，所以我们就要了。当然也不完全盲目，我在那里想到了香港，当时香港的机场还没有搬迁，还没有从九龙城区搬到香港，当时就是飞机轰鸣，下面就是住宅区。我相信香港人可以

— 181 —

接受，大陆人也会接受。这块地也有有利点，因为不适合居住因此不用拆迁。此外，也有投机心理，能够实现快速建造，至少可以比同行提前三个月推向市场。当时我们的销售对象定位在从日本回国的上海留学生，每年有7000人左右，他们大约带回多少钱我们都有计算。如果我们能更早推向市场，他们选择我们的概率就会提高很多。

如何来平衡噪声带来的不利条件，要引入现代经营理念。现在万科城市花园住了20多个国家的2.7万户居民，入住率95%。为什么人们选择在七宝镇长期住下？这是设计理念、售后服务理念上的成功。中国是大院文化，一个国家用万里长城围起来。20世纪70年代的时候，北京城城墙被拆了，城墙里面还有紫禁城，还有城墙。到改革开放之后，建设的住宅区也不例外，一定要用墙围起来。但是万科的城市花园是开放的，里面的配套服务设施不仅为小区服务也为小区外面服务。很多小区里面的配套服务做得非常好，但是因为消费力不够就运行不下去。而我们是开放的，当时我们设计了8家餐馆，现在已经达到了100多家。这不仅满足了业主的需要，而且还有很多外来的人来消费。因为开放，它成了一个跨越万科小区的社区中心。

我们就是这样进入一个个城市，现在已进入了60多个城市，各种案例都是别人不看好的，别人不想要的。长期以来，万科都被称为郊区开发商，因为楼盘都在城郊结合处。但随着城市化的进程，市场化向前推进，拿土地更多是按"招拍挂"的流程，价高者得，不需要太多台下交易。然后我们慢慢地进入市区，突然旁边就有超市、学校、医院，结果万科不会做了。你会发现，其实不利都是相对的，有利也是相对的。正因为万科保持了底线，拿不到好地，地价又贵，你只有百分之一百二十地面对消费者，研究市场，最后反而形成了我们的竞争力。

前几年万科开始进入美国市场。我们拿的第一块地是非常好的位置，在旧金山市中心。市场公开透明，结果第二块地、第三块地也很好。我说我们到美国投资，一定要有一个标志性的地产项目，要具有标志性就要在纽约曼哈顿的市中心。2014 年 2 月份开工了，我们的地标性的项目位于曼哈顿黑石集团总部的旁边。在美国，市场风险是你自己承担的，你盖多高要和周边的人协商。而在中国是你只要挡着就不行，这是中国的规定，没有商量。在美国，一切按照规则、法律，公开、透明，这是万科所追求的。在中国我们认为是底线的事情，在美国却是必需的，万科因为一直坚守底线，因而在美国就觉得这样做很容易。

万科 B 股转 H 股这件事经历了一年半时间，对万科而言真是百感交集。1993 年我们在 B 股发行，经历 20 年，也就是到了 2014 年，我们才完成了 B 股转 H 股。当年发 B 股的时候是鼓励创新，并不清楚这种品种的市场未来会怎么样。实际上 B 股很快萎缩，我们就想转成 H 股，但相当长一段时间是不允许的，各种限制让你做不成。

当时 B 股价格通常低于 A 股的 30%，因为它基本上失去了交易功能，但是万科是一个例外。万科是 B 股高于 A 股，这是 B 股当中唯一的例外，也就是说国际投资者看好万科。B 股转 H 股，你必须要给投资者选择权，如果说股东不愿意换，那你只有按照市场价和溢价把它收回来。按当时的价格计算，股民会情不自禁地选择换现金，这样必须要有三个承销商来托底，就变成私有化了。可能你不仅无法完成 H 股上市，还把 B 股私有化了。继续推进可能会失败，但放弃的话后面的结果很可能会更坏。最后，当天三家公司上市，万科 B 股转 H 股以及两家公司新上市。结果当日万科股价上涨8%，而其他两家跌破发行价，第二天万科股票价格还继续上升。为什么呢？就是因为我们坚持符合国际惯例标准的做法，当我们真正这样做的时候，国际投资者是看好你的。所以坚持底线会马上见效吗？不能。但是关键时候，正因为你坚持底线，坚信这个市场是规范的、成熟的，它一定会按照规范、成熟的方式来对待你。

那么底线怎么来确定呢？我想所谓的底线就是一些忌讳的事情不要去做，另外是社会正常运行的最低道德保障，或者说在社会变革当中保持相对稳定的一个容量。

日本的商人和中国商人一样，有很多商派，从日本来说，真正出商人的是近江商人，他们就像我们中国的温州、宁波人一样。他们做到现在，他们的底线是什么？简单概括为"三好"：买卖双方你好、我好，与我们买卖双方的利益相关者也好。这就是近江商人的三好底线。

我们说底线，比如说杀人，基督教、犹太教、伊斯兰教、佛教都是忌讳的，偷盗奸淫也都是忌讳的，可是中国现今在很多方面都突破了底线。讲一个我自己的故事。我在剑桥大学校园骑自行车，有一次发现我的车座被偷了。赶着去上课，我只好骑着没座的自行车。我一边骑一边想谁这么缺德，同时我就琢磨，看谁的自行车底座和我的是同一型号的，可以从别人的车上卸下来用。后来我一想不对，不可能光天化日之下就这样做，最后也就作罢了。后来，我一想这种行为是很可笑的，无论出于什么原因，这就是盗窃。人是多么的脆弱，不是说底线吗？如果说当时是晚上呢？不能盗窃是底线，但真正遇到时，却那么容易打破底线。换句话说，我们经常抱怨社会，抱怨现状，但是有的时候我们还要问问自己的心，我们的底线是什么？

荣　誉

2014 年是万科成立 30 周年，也是中欧国际工商学院校庆 20 周年，还是诺曼底登陆 70 周年。参加过 1944 年诺曼底登陆的士兵，当年如果是 18 岁，现在也有 88 岁了，你会发现他们在这有生之年拥有一种荣誉感。除了诺曼底登陆，第二次世界大战期间还有其他的士兵。其中有个名叫格里斯雷的英军士兵，1941 年他在法国战场上被俘虏了。他进了俘虏营之后就试图逃跑，跑了 200 次，每次都被抓回来。这是因为他爱上了俘虏营当中的女翻译，要出去和她幽会，这是因为爱情。因为这样，他熬过了战争，熬过了纳粹集中营的死亡，熬到了现代。他有没有尊严，有没有那种荣誉感呢？有。我们一提到荣誉想到的好像就是国家、民族，最起码得是家族，怎么他在俘虏营里和女翻译谈恋爱也有荣誉呢？

再看赵震英，他是国民党新六军 16 师第 30 营营长。在中国战场上，日本的投降仪式是在南京举行的，当时他是警卫营的营长，亲历了这一过程。某种程度上他是战斗英雄。因为种种原因，他没有去台湾，结果一解放就被打成反动军官被关进监狱。20 世纪 60 年代初被释放，之后又赶上了"文化大革命"，又被抓进监狱。他的孙子辈不知道爷爷曾经是抗战英雄。终于国内有一个组织做研究，发现当时有这么一个人，而且还活着，于是辗转在北京找到他。美国描述这一段历史的纪录片，与他描述的一模一样，他就是当年的抗日英雄。但是新中国成立之后的 40 年里，他几乎都是在监狱中度过的，现在他已经 90 多岁了，你觉得他这一生有荣誉吗？

台湾有位著名的大律师，他的合伙人之一诈骗 30 亿台币，卷款跑了。但是他承担了下来，与债权人签署协议，由他来偿还。他的律师行现在还是台湾最大的律师行。中国传统中讲信誉叫"父债子还"，这里面有一个牵连关系，现代企业当中却是有限责任的说法。但我们这里讲荣誉而不是企业经营的问题。

讲到荣誉，我想要谈一下戈壁挑战赛。从第四届戈壁挑战赛开始，中欧的团队连续四届夺冠，一直到 2012 年。到了 2013 年，对中欧挑战队来讲是非常戏剧性的一年。第一，他们觉得独孤求败。第二，那一年出了意外。我们有一位学生突然去世，此外，B队里有一个队员被狗咬伤。之后这位队员重新返回坚持参赛，大家一起继续走下去。实际上他当时处于非常不好的状态，但是他坚持走完，因为按照规定，一个人掉队整个队伍的成绩就作废了。这位同学他为了什么？荣誉。最后，2013年中欧在一开始独孤求败的心态下得了第二名。

戈壁挑战赛，你面临生死。面临这样一个死亡压力，我们照样征战，照样争第一。但是会不会说，原来要搏一下，现在要放一放，怕出人命？在这种状态下，会出现一些变化。2014年戈壁挑战赛中欧仍拿了第二，但2013年得的第二和2014年得的第二是不一样的，2013年距离冠军就差一点，而2014年是差一大截，这有生死上的考虑。在极端情况下，常态下看不到的东西会被挤压出来。

经历了那么极端的生死考验，面对死亡的挑战，这是面对荣誉最根本的问题。按照我们的文化习惯来讲，中国人对死亡是很忌讳提的，都知道有一天你也会遇到，但不是今天。实际上在戈壁挑战赛当中，并不遥远，可能就是一纸之隔。在这样的情况下，思维方式是不一样的。戈壁挑战的经历作为财富，对各个商学院来说是非常不同的。比如说以中欧商学院的规模和影响力争第一是无可厚非的，但是让新加坡国立大学商学院去争第一那就不现实，因为他的学生比较少。2014年10月份我到新加坡国立大学商学院，发现他们很热衷的话题就是戈壁挑战赛。他们从来没有说我们要争第几，而是觉得这种极端的挑战是非常宝贵的经历，是一种财富。我知道上海复旦大学商学院也是这样的态度，但是中欧不一样，因为你的历史让你觉得争第一非常重要，但是第一就真得那么重要吗？

万科在推动运动方面，在乎什么？万科普及自行车和长跑运动，2001 年开始，员工每年体能检测，公司和公司之间也竞争，也很在乎名次。但是我们最得意的是什么呢？2013 年万科 110 位中国中层管理人员，平均体重减轻一公斤。这是万科诉求的，更多地体现在人的身体健康上，因为现在大部分同事身体过重，营养过剩，缺少运动。归结到量化上，万科每一个公司的经理年底考核，如果说你员工体重额外增加了，要扣总经理的管理分，影响你的奖金。

2013 年万科的规模是 1700 亿元。2013 年年底制订万科计划时，我的意见是定在 2000 亿元。很快有两家公司的目标制定超过 2000 亿元，一家达到 2400 亿元，另外一家达到 2500 亿元。万科当时应该是什么态度呢？万科连续多年都是第一，从 1997 年开始到 2013 年都是房地产行业的第一。而我们 2013 年面对 2400 亿元和 2500 亿元的公司，你要是作为我的话，你会怎么考虑呢？我们的政策是不是要重新定，定多少？是不是要保持第一？这和戈壁挑战赛我们中欧队出现的状况类似，连续四年夺冠之后，现在别人要超过我们，我们怎么办？

不同的视角，不同的诉求，有的时候很难断定是对是错。作为万科要有几个方面的考量：第一，实际上中国要转型，从速度增长型转为效率质量型。第二，一直是排第一的，如果说现在排第二了，哪怕是一个象征性的，可能在心理上，从管理层到消费者都会有变化。第三，追问你的诉求到底是什么？是一个结果还是一个目标？

从第三个角度来说，诉求实际上是一个结果，要有这个结果则设定相应的目标。现在中国企业的价值判定趋向于你一定要做大。在世界 500 强中，美国企业有 130 家，中国企业有 80 多家，可以预计的未来三年，中国的世界 500 强企业数量会超过美国。你说我为了进入世界 500 强，当然量很重要。但是万科一直在 500 强里面，你把这作为终极目标还是作为经营当中的一个衡量数字，这个概念是不一样的。我们过去的十年，把量看得过于重要了。我们看到围棋往往一步棋就决定了后面的战略，下这一个子就要考虑后面的二三十个子。万科考虑的不仅是今年达到 2000 亿元，我们明年多少，后年多少，大后年多少，这是一定要考量的。最后，2014 年万科 2000 亿元的目标没有变，2014 年上半年快过去了，万科销售额已经达到了 1000 亿元。而那两个制定更高目标的企业，一个完成了 500 多亿元，另一个是 800 多亿元。不能说为了捍卫你的荣誉，制定了高目标，但最后你实现不了。

2014 年 9—10 月，万科公益基金在剑桥商学院要组织一个中国企业家培训班，除了高品质的教学和赛艇训练外，我们还安排要吃一个月的西餐。因为我觉得中国人最顽固的是胃，拒绝吃西餐。我们把方便面准备好，老干妈、榨菜都给你准备好，而且把剑桥很多很好的中餐馆电话都告诉你，允许你订餐，允许你叫外卖，不强迫你。但你要吃得公开吃，要登记，最后看哪一个队登记的最多。我们看这个训练营的企业家会有怎样的表现，我相信你在拿方便面要签字的时候，会把它放回去。你自己的底线在哪里？如果说你自己都坚持不了，一定要靠外界来监督你，那是有问题的。

对荣誉，所站的角度不同，看法是不一样的。西方对荣誉的看法，比如莎士比亚论述的荣誉，有的时候把它形容得很神圣，有的时候又一钱不值。在《圣经》当中，荣誉相对金钱来说，肯定荣誉是第一位的。威尼斯商人这样说："名誉啊名誉，我丢失了名誉就丢失了生命当中最重要的部分，剩下的就是野兽本能。"但是莎士比亚又说："名誉是空虚和骗人的东西，得到的时候往往不劳而获，丢失的时候又并不值得令人如此对待。"不同的角度、不同的文化、不同的宗教背景有不同的理解。

生命的选择

我是 32 岁到深圳的，50 岁之前作为企业家。我 48 岁辞去 CEO 职务，开始探险。因为少年时代受鲁滨孙漂流记的影响，非常向往这种生活，所以我开始做我想做的事情。

我 59 岁的时候，第二次登上珠峰。实际上在我的心目当中，我原来准备至少登三次。第三次登的时间调整了几次，原来第三次准备是 70 岁登，后来调整到 72 岁，然后又调整到 78 岁，最后决定放弃了。这是因为三浦雄一郎，我准备 70 岁登的时候，他 71 岁上去了，我就是冲着人类最大年龄登顶珠峰的纪录去的，所以我调整到 72 岁。有的时候说不争第一是假的。结果他 77 岁又登上去了，我就调整到 78 岁。结果 2013 年他 80 岁又上去了。我想算了吧，真是较劲。

即便你不服气，也要量力而行。他的目标是一次又一次地登珠峰，但是我还不是。人生当中要有目标，而这个目标要不断地修正，人家高你要跟着高，但必要时要学会退，退的决定有的时候比进的决定还要难。

三浦先生是滑雪教练出身，他一直非常热爱登山。而我喜欢的运动不只是登山，像帆船、皮划艇、滑翔伞等，都喜欢。中国划龙舟是非常悠久的传统，但是这是农业式的划，是农业文明产生的，主要是靠臂力和腿部的力量，不用训练。而赛艇是工业式的划，和龙舟完全不一样。我喜欢龙舟，但是我更喜欢划工业文明的赛艇。

我划赛艇有 10 年的历史了，它是工业文明之花，非常美、非常讲究协作，也体现人和自然的关系。但是真正对划赛艇的内涵有深刻体会是到了剑桥大学之后。我去的时候是两点很有名：第一个就是两次登顶珠峰，第二个是因为我的微博有 1300 万"粉丝"。他们觉得这个简直是不可想象的。他们邀请我参加皮划艇俱乐部，结果后来一查我才知道，他们安排我参加的就是代表剑桥大学参赛的最强、最精英的俱乐部。一开始的训练是我在中国省队从来没有经历过的。第一次去，因为我很长时间没有训练了，一个半小时之后，左腿抽筋，但我周身却有一种逾越感。等回来的时候我是一瘸一拐的，嘴里却哼着小调，这是怎么回事？这个有一百多年历史的俱乐部的教练，给了你一种从未经历过的训练方法，把你的身体全部拉开，与其说是训练，还不如说是做了一种瑜伽，让你感觉爽快。

后来发现他们一周训练 5 次，周一到周五每天早上 5 点训练到 7 点半，风雨无阻。这是我从来没有遇到过的。我这才认识到，为什么剑桥作为业余学生社团的俱乐部，可以两三年之后，训练出来接近参加奥运会比赛的国家运动员水平。这个时候我才对这种赛艇运动有了新的认识。他们这种连续不断的、每天早上清教徒式的训练，体现了人体和心智之间的一种关系。因此我要组织一个月的皮划艇训练营，让中国的企业家也体会到。

万科作为民间的唯一一支队伍，从 2008 年参加日本东京户田国际赛艇赛开始，已经有 6 年历史了，之后参加香港的比赛、查尔斯国际赛艇比赛，2014 年参加伦敦泰晤士河的赛艇比赛。

我们的人生，从出生开始就受到很大限制，此外，你想做什么，不想做什么也有很大的限制。但是你可以选择你的荣誉是什么，而这决定了你会怎么做。

·对话·

问：是什么让您在 63 岁的年龄依然保持如此的活力，有如此的精力来继续挑战和学习？

答：第一是好奇，第二是不服输。

什么叫好奇？你就是想知道一件事情，想体验一件事情，但是人的时间有限，必须要进行选择。比如说 2000 年我开始接受做广告，我很好奇，很好玩，人家还给你钱。而现在做的是一年拍一个广告，然后做公益。因为拍广告的话，都是一些很好的品牌，拍摄过程有对企业的理解，这也是学习的过程。而且你收了钱可以去做公益。

第二是不服输不服气。华大基因的汪健比我小三岁。有一次他跟我说："你只不过比我早经营几年，你是创业家，我也是；你是企业家，我也是；你登上珠峰，我也登上珠峰；可是我是科学家，你是吗？"这把我噎住了。就凭这个，我不服气，我就去了哈佛大学，再去剑桥大学，后来他就不敢拿这话来噎我了。人就是要有一种较量，当然还要有一种平衡。

为什么要 63 岁去海外留学接受挑战？我 60～70 岁的定位是提高个人修为。做企业经营这么多年，登山登了十年，我也有点得意。但是 60～70 岁，我要改变一种方式，要到大学补课。因为以后我要到学校里去给学生讲课，不同于今天这样的演讲，而是正规的讲课，一年有 12 个学时的，学生给你打分。因此学术上没有经历训练是不行的。

到了哈佛，我最大的体会就是我已 60 岁了，已经是经验主义，不大愿意动脑筋了，忘性非常大，而且认为是理所当然的。之所以你不用动脑筋是因为下面有团队，你有一个想法下面人就开始做了。但是一下子把你放到学校去，全都变了。记忆力最好的时候，单词学两三遍就可以记住，现在 30 遍都记不住。但是人家没有老年大学也没有汉语班，你不能以年龄大为理由，就是 60 遍也要记。我就像一个生锈的机器重新开动了一样，随时有可能噼里啪啦地碎了。但是运转了一段时间之后，你会觉得状态回到了 20 年前。脑力劳动，登知识的山比登物理的山更难。第一，知识的山峰没有顶峰；第二，在脑力劳动的同时还有体力劳动。但在人生的不同状态，你就是好奇，不服输，不满足现状。

问：您是怎样做好时间管理的？

答：简单来说，第一你是不是相信自己，第二你是不是相信别人？首先一定要相信自己，如果你连自己都不相信的话，绝对无法相信别人。作为一个企业家来讲，你是不是相信自己建立的制度，如果说你相信的话，为什么非你在不可呢？你要真的相信自己，就也要相信别人，这样你自然就有时间了。你相信制度，相信团队，你还要有担当，一旦出错你要承担责任。怎样承担责任呢？你要遭受损失，甚至准备辞职，不是仅仅说句对不起，这是你的责任。

问：在哈佛和剑桥进修后是否有得到一些新知识，如果说您在年轻的时候就接触了这些，是否会做得不一样？

答：首先我想说，人生是不可能重来的，因为它就是一个过程。

四年进修我感受最深的是什么？我一开始选修的是西方资本主义思想史。学习过程当中产生了非常大的困惑，因为你是东方文明的产物，会容易弄不清你的身份。你要解释别人是谁的时候，首先要知道自己是谁。所以我后来选择了中国传统哲学史，这是让我最没想到的。而且不学不要紧，第一学痴了，第二找到了感觉。你更可以从东西方比较当中知道你的位置。比如说我们认为中国现代企业制度缺少现代概念的契约精神。但是你学习中国的传统哲学史会发现，中国是有契约精神的。例如，最早的有实物的地契可以追溯到东周时期。但是你会发现东西方的差别，西方的契约精神很重要的一点是有补偿机制，就是你违约了如何补偿、赔偿。而中国的机制是同情弱者。例如，一般来讲缺钱了才会把土地卖出去，卖者是弱者，买者是强者，一旦卖者有能力赎回的时候，规定按原价赎回。这就是典型的同情弱者，契约当中体现平均主义。在中国，房地产商一降价，已买了房子的民众就去闹事。按理说这是法律制度，契约签订了之后，交易就结束了，之后我有降价的自由，但房价涨了也没有说再分出来的。这是中国同情弱者的传统。你不了解中国传统文化，就很难找到自己的位置，这得根据国情来找。对西方文化也要有选择地批判和接受。

（2014 年 7 月 1 日）